LOIRA SUICIDA

DARCEY STEINKE

Loira suicida

Tradução
Simone Campos

Copyright © 1992 by Darcey Steinke
Todos os direitos reservados

*Grafia atualizada segundo o Acordo Ortográfico da Língua Portuguesa de 1990,
que entrou em vigor no Brasil em 2009.*

Título original
Suicide Blonde

Capa
Bloco Gráfico

Foto de capa
Candy Darling on Her Deathbed, de Peter Hujar (1934-87), impressão antiga em papel
de gelatina e prata, 1973, 42 × 35 cm
© The Peter Hujar Archive, LLC. Cortesia de Pace/ MacGill Gallery, Nova York/
Fraenkel Gallery, San Francisco

Preparação
Lígia Azevedo

Revisão
Renata Lopes Del Nero
Angela das Neves

Dados Internacionais de Catalogação na Publicação (CIP)
(Câmara Brasileira do Livro, SP, Brasil)

Steinke, Darcey
    Loira suicida / Darcey Steinke ; tradução Simone
Campos. — 1ª ed. — São Paulo : Companhia das Letras, 2021.

    Título original: Suicide Blonde.
    ISBN 978-65-5921-001-5

    1. Ficção norte-americana I. Título.

20-51710   CDD-813

Índice para catálogo sistemático:
1. Ficção : Literatura norte-americana 813

Cibele Maria Dias – Bibliotecária – CRB–8/9427

[2021]
Todos os direitos desta edição reservados à
EDITORA SCHWARCZ S.A.
Rua Bandeira Paulista, 702, cj. 32
04532-002 — São Paulo — SP
Telefone: (11) 3707-3500
www.companhiadasletras.com.br
www.blogdacompanhia.com.br
facebook.com/companhiadasletras
instagram.com/companhiadasletras
twitter.com/cialetras

Para Michael

1

Seria o bourbon ou o cheiro de tintura que fazia as paredes cor-de-rosa tremularem feito lábios vaginais? Um odor acidulado cingia a banheira assentada em patas de animal, dedilhava a cortina do chuveiro. Minha visão era líquida e polimorfa feito uma luminária de lava. Vi no espelho a cicatriz do espinho de amoreira que pegara no meu queixo e riscara uma curva finíssima até a testa. Mal se notava, mas dava a impressão de que minha cara estava rachada. Bebericando mais um gole de bourbon, vesti as luvas de plástico e comecei a repartir o cabelo na raiz. Enquanto a tintura se infundia, ouvi um leve ruído de sucção, como o de água sendo tragada pela terra, e me perguntei: se eu tivesse coragem de cortar os pulsos, será que ia me dar ao trabalho de pintar o cabelo?

Eis o que aconteceu: ontem Bell passou o dia inteiro à janela, fumando. Tinha os motivos de sempre — o pai, não encontrar trabalho como ator, estar ficando velho e feio. Além disso, estava suspirando por causa de Kevin. Por horas a fio ele fitou o envelope cor de ovo com o convite do casamento de Kevin e olhou pela janela, o rosto dando vagas fisgadas conforme revisitava as memórias uma a uma. Aquela melancolia me fez pensar que ele devia estar de saco cheio de morar comigo. E isso, por sua vez, me fez querer agradá-lo, demonstrar que eu não era uma das suas preocupações. Então, quando ele foi dar uma volta, vesti meu body preto e me acomodei no futon. Contemplando meus seios envoltos em florais de renda, pensei que devia estar emanando ansiedade, feito um dogue-alemão ou um cachorrinho nervoso. Parecia desespero... usar a única coisa que o atrairia. Parecia manipulador, mesmo se fosse uma tentativa de arrancá--lo da própria melancolia. Quando absortos, os homens ficam mais atraentes do que nunca.

Bell voltou e foi até o pé da cama. Seus olhos se estreitaram, lúbricos, admirando minha ousadia. Ele se deitou em cima de mim e disse: "Agora eu que mando". Mas quando não soltou o peso sobre mim, perguntei se ia tirar a roupa. "Parece que é isso que você quer", disse ele. Corei e perguntei se ele se sentia pressionado, disse-lhe que agora ele sabia como as mulheres se sentiam. "Tira isso", disse ele, arregaçando a renda do body. Eu o tirei por baixo, e, de um ímpeto, arranquei a camisa dele. Havia algo rígido em mim que fazia questão dele, não importava quão constrangedor fosse. Nos beijamos de forma ausente. Por fim, ele virou o rosto, como se estivesse observando um pássaro cruzar o horizonte. Enxerguei continentes obscuros sob a tinta da parede atrás de seu perfil.

"Está chato", disse ele.

Sentei na beirada da cama, depois fui até o closet. Mexendo nas roupas dos cabides, já sentia minhas mãos começarem a tremer. Me vesti e fui para a cozinha. Sentia um gosto de moedas na boca, uma náusea violenta, crua como lata, como quando se acaba de quebrar um osso.

Bell sentou no escuro, à mesa pintada junto à janela. Às vezes as luzes da rua iluminavam um filete de fumaça de cigarro, o rosto dele seccionado por fachos de luz entrecruzados, seus olhos límpidos e vazios feito os de um gato.

"Preciso ir comprar mais cigarro", disse ele.

Seu tom não pareceu maldoso, só acabrunhado. E eu não conseguia distinguir se ele estava se desapaixonando de mim desajeitadamente ou se, conforme alegava, era só seu jeito reservado de sempre. Às vezes eu desconfiava que ele estava embotado, incapaz de emoções humanas previsíveis. Na semana anterior, dera risada de um casal de turistas separado pelas portas do trem BART. Imaginei uma tela de arame atrás de sua testa e uma expressão fria e metálica nos olhos. É claro que era apenas minha imaginação, mas a sensação foi pavorosa, como a de descobrir que seu amor é um assassino.

Já fazia vinte e quatro horas que ele tinha saído. Houve um tempo em que eu achara charmoso esse seu hábito de sumir por aí, mas de repente aquilo me parecia masoquismo. Eu não queria ser uma daquelas mulheres viciadas em indiferença.

Tirei as luvas e descartei-as delicadamente, feito camisinhas usadas, na lixeira. O incidente do body era assustador porque exacerbava a sensação de que meu poder feminino estava diminuindo, me abandonando gota a gota, feito leite pingando de uma jarra rachada. Enrolei uma toalha no cabelo. Minha aparência me lembrava o clichê da mulher fracassada, de forma que tirei o roupão e me estendi no sofá, um lugar melhor para observar as sombras crescerem nos dedos verdes e carnudos da enorme planta-jade. Ele a herdara dos moradores anteriores, porque ela não passava mais pela porta do apartamento quando se mudaram. Perto da planta havia um painel de cedro com uma cena japonesa. O boá de Bell estava pendurado num gancho junto de seus stills de filmes; gestos corporais borrados de uma produção em super-8 que Bell tinha feito anos antes. Havia várias miudezas: o abajur de vidro azul, o leopardo com olhos que brilhavam, garrafas de vinho vazias, cálices de latão, postais da Europa de ex-amantes, velas e incenso em uma mesa especial com toalha de linho, além dos crucifixos, santos e deuses hindus de Bell, um boneco GI Joe, um colar de contas vodu de obsidiana, um crânio de cachorro e uma máscara africana de antílope.

A janela dava para a Bush Street e mostrava os telhados desencontrados da Nob Hill, tão enviesada como uma capital do Oriente Médio. Os terraços das coberturas tinham exóticas portas francesas, minúsculos limoeiros e mobília rendilhada de ferro forjado. Em uma delas havia uma fonte verde; outra, em dias de calor, exibia uma cacatua num poleiro. Acima de tudo isso brilhava o letreiro em neon do Hotel Huntington, inundando nosso quarto de uma luz verde bruxuleante.

Meu corpo parecia parte do aposento, uma cadeira ou um vaso. Me lembrei da primeira vez em que vi minha mãe pelada. Ela estava na frente do espelho, repuxando os quadris, apertando o estômago, conferindo, como eu naquele momento, possíveis sinais de decadência. O corpo feminino, pensei, tem capacidade para tanto primor e tanto horror. Me endireitei para um gole, mas derramei o bourbon, que escorreu pelos meus peitos e continuou a descer até formar uma poça no meu umbigo.

Olhando para o meu corpo tive a sensação de que era idêntico ao de Bell. As imagens vinham rápidas: um gesto expressivo com a mão, seu cheiro — de poeira úmida e cigarros enrolados à mão —, seus traços amplos que ficavam mais bonitos em estado meditativo, o modo como sob certa luz a pele dele empalidecia até parecer azulada, como nesses momentos ele parecia uma espécie de criatura e eu quase esperava ver asas brotarem de suas escápulas.

Em matéria de temperamento, não é que Bell fosse exótico, e sim sofisticadamente adolescente. Ele havia intelectualizado, aperfeiçoado e poetizado os motes da juventude. E essa sofreguidão íntima era sua desculpa para seu estado taciturno, para seu comportamento errático, e o combustível de sua filosofia sobre o vazio da vida e do culto do prazer. Não é que Bell fosse de fato imaturo, simplesmente estava preso num estado prematuro, feito um besouro cuja carapaça é muito mais vívida porque o último estágio de homogeneização para a vida adulta nunca aconteceu.

O relógio tiquetaqueava alto; parecia debochar de mim com seus dedos compridos e ritmos monótonos. Tomei um trago da garrafa e percebi que estava bêbada. Meus pensamentos vinham entrecortados, e tive a sensação de que exatamente metade da minha vida já havia transcorrido. Começou com um formigamento na nuca que me fez estremecer, depois se espalhou pela minha cabeça feito um capuz. Mas eu nunca me senti de outro jeito. E sabia que minhas lembranças, de infância ou não, simplesmente eram momentos em que eu tomara consciência e fora intensamente eu mesma. Ouvi o zumbido que sempre ouço quando uma lembrança está se encastelando e reconheci aquele som como minha forma particular e contínua de estar viva.

Meu cabelo empesteava todo o apartamento. Entreabri a janela e o boá do Bell se expandiu com o ar. No banheiro, a banheira de porcelana era fria ao toque. Ajustei a água, arranquei a toalha da cabeça e entrei, ficando de quatro. Meus peitos apontaram para baixo, me lembrando das tetas utilitárias das mamíferas. E pelo meio deles pude ver os pelos entre minhas coxas. Os caracoizinhos negros pareciam tão mirrados, até obscenos. A água batia na minha cabeça. O clareador era forte. Meu rosto esquentou e pinicou, e percebi que, mesmo sozinha, eu estava com vergonha. O resíduo ácido demorava a descer pelo ralo, fazendo arder meus joelhos. *Estou tingindo o cabelo para reconquistar o Bell*, pensei, *e porque todo mundo adora uma loira*. A luz forte tornava o ambiente inóspito, o sabão entrava no meu olho e eu sentia crescer uma sensação extenuante que sempre significava que estava prestes a chorar. A água deslizava límpida pelo ralo. Quando me ergui, meu cabelo soltava vapor, e mais parecia um emaranhado de cobras úmidas e claras. Saí andando, respingando pelo apartamento escuro, até a janela. O neon do hotel furava a névoa vespertina. Às vezes sua aura aflorava feito uma mancha solar, e eu podia sentir sua energia me impregnar através das milhares de raízes do meu couro cabeludo, cada uma delas agora ostentando um fio dourado.

A porta metálica do prédio se fechou surdamente depois que saí. A noite era amena. Ouvi os sinos da Grace Cathedral, pensei em ir até lá, sentar num banco nos fundos, com a luz sanguínea em cima de mim, inebriante feito um bom vinho tinto. Jesus estaria por toda parte nos vitrais radiantes, seu rosto se repetindo incessantemente feito o do homem amado ou daquele que você mandou matar. A Bush Street era tão íngreme que precisei me inclinar um pouco para trás, o que fez as reconfortantes minúcias da cidade — os postes estilo lampião da Pacific Heights, a colcha de retalhos de casas vitorianas e os arbustos esculpidos — parecerem distantes. Estendi os braços para a frente para deter essa sensação, logo em seguida os deixei tombar, parecia um gesto de louco.

Talvez não fosse uma boa eu ir atrás do Bell, mas continuar no apartamento parecia impossível. O que será que queria dizer o fato de eu não ser o tipo de garota capaz de esperar, matando desapaixonadamente o tempo tomando um vinho ou lendo um romance? Meus instintos me diziam para deixá-lo, era o que eu sempre fazia quando encontrava a primeira nódoa de insatisfação. Eu era o tipo de garota que abandonava os homens. Não era meu estilo ir atrás do Bell. E eu sabia que procurá-lo em nada diferia de vestir aquele body ou tingir o cabelo. Pensei na minha mãe, em como, quando meu pai ameaçava deixá-la, ela começava a demorar mais para se arrumar e a usar um batom vermelho forte... de repente ela começava a fazer tanta força para ser amada.

No começo as noites eram aconchegantes, eu fazia sopa e ficávamos na cama juntos lendo jornal, com o radiador estalando. A noite estava visivelmente do lado de fora, e nós, seguros no centro dela. Agora, a noite parecia gás venenoso, se infiltrando por todos os cômodos. E Bell, como uma prostituta ou um viciado, transformou o dia em noite. Meu amor se estilhaçara, de forma que eu o via em toda parte. Nas vitrines, nos bares, nos carros alongados e lustrosos, até nos olhos de uma mulher bunduda de calça rosa, e nos de um magrelo alto com bigode despenteado de caubói texano. O bourbon exacerbava a ambientação carnavalesca e desregrada da Polk Street.

O Motherlode fazia o mesmo estilo de outros bares gays do quarteirão, cheio de homens de roupa casual. A música disco estava tão alta que a vidraça tremia. A maioria deles olhava para a enorme tela de TV com o homem de quatro em cima de um balcão de bar, um monstro todo encouraçado, com bonezinho de chofer e colete de couro preto. Um homem idêntico socava o punho no ânus dele. A multidão observava, mas ninguém parecia particularmente interessado. Em vez de excitar os homens, aquilo parecia intimidá-los, e levando em conta a decoração do bar — papel crepom e estrelas prateadas — o lugar tinha a atmosfera de um baile de formatura.

Na esquina, um bando de rapazes aguardava entre vitrines decoradas com cortinas de box de vinil, lascivas feito línguas.

Todos eram magros feito enguias, e um deles era louro oxigenado com uma tez tão esburacada que parecia a superfície lunar.

Sua pelve estava projetada para a frente e ele usava um cinto de couro cujas tiras envolviam as coxas. Eu não conseguia não olhar, ele tinha um quê de pomposo e agitado. O rapaz percebeu meu olhar e disse: "Com isso aí eu não durmo", me indicando com o queixo. Os outros deram risadinhas. Tentei evitá-los, mas o louro se adiantou e me deu um esbarrão, me surpreendendo o bastante para eu me desequilibrar e tropeçar no cimento cintilante. Quando tentei levantar, ele postou o quadril bem na minha cara. Meus lábios roçaram na textura de lixa do jeans. Ele gargalhou, seu rosto aureolado pelo luar.

Fiquei de pé, corri. Com o rosto em chamas, gritei: "Cuzão!" e o loiro replicou, emproado: "Tô vendendo!".

Trancando a mandíbula, tive de novo aquela sensação de tremor ondulante. Estava morta de medo de que Bell tivesse voltado para os rapazes.

O Black Rose tinha um clima pós-apocalíptico, como se tivesse pegado fogo e só mal e mal se restabelecido. O interior era todo preto com pé-direito baixo, e a pouca iluminação era ocasional e tristonha. Me chamou a atenção especialmente a lareira cônica de metal e o modo como o bartender era diligente em alimentar e atiçar o fogo, como se aquelas fossem as últimas brasas sobre a Terra. Não era um bar gay como a maioria dos estabelecimentos próximos à Polk Street, mas havia algumas bichas seletas em meio aos punks com argolas no nariz e aos rubicundos veteranos do bar. Todos eles, assim como aqueles enfurnados nas divisórias profundas e nas mesas esculpidas da parte dos fundos, estavam ali porque a cerveja era barata. Uma música gritada bombava no jukebox. E, embora eu tivesse ido esperar Bell, porque toda noite ele batia ponto no Black Rose, fiquei aliviada por ele não estar ali. O que eu diria para ele? Me sentia estranha procurando uma situação tão constrangedora. Eu pensava maluquices: ir até ele e dizer que minha mãe tinha morrido, que um ex-namorado tinha me ligado, que uma revista queria fotos minhas ou quem sabe apelar de vez e mentir que estava grávida. Mas eu me odiava por pensar em tais coisas. Por que deveria precisar de algo interessante ou provocante a dizer? Aquilo me lembrava do interesse repentino e forçado da minha mãe pelos hobbies de meia-idade do meu pai depois que ele ameaçou ir embora, e de como uma vez, no carro, ela quase começou a chorar porque não conseguíamos encontrar o campo onde seria realizado o jogo de softball da igreja.

Pedi um bourbon e me sentei no fundo do bar. Rabisquei no guardanapo: *Só quero esse aí de volta*, depois: *Amor não tem nada a ver com mérito* e *Ninguém vai morrer disso*. Eu escrevia e reescrevia essas frases, e como era tudo verdade me sentia dramática demais, até mesmo idiota. Percebi que estava escrevendo aquilo com o vago desejo de que Bell visse. A ideia de que tudo o que eu fazia era motivado por ele me desalentou.

Por que Bell era tão desregrado? Quando eu pedia explicações sobre aqueles sumiços, ele dizia que era egoísmo meu pensar que eu era a responsável. Tinha a ver com o pai dele, dizia, com a imobilidade do rosto dele em seu leito de morte, com o modo como a pele flácida ao redor do queixo dele fazia Bell se recordar da decrepitude da própria carne. "Sabe como é horrível usar a pele de um morto?", dizia ele.

Então Bell entrou, seguido de um jovem. Eu entendi que não ia lá falar com ele. Ele parecia intimidante, quase estelar. Primeiro pensei que o rapaz fosse Kevin, mas era um dos antigos amantes de Bell. Kevin agora estava mais velho, e além do mais morava em Los Angeles e ia se casar em breve. Olhando melhor, o tal homem era miúdo, e não jovem. Era ruivo, com trejeitos ágeis de sátiro.

Bell parecia exausto, oco e leve, quase sem peso. Os dois se sentaram a uma mesa distante, o homenzinho virado para mim e Bell de perfil. Eu não conseguia ouvir o que diziam, mas era fácil ver seus rostos, embora não pudessem ver o meu. Li suas expressões como quem lê os ingredientes de um frasco de veneno que tomara por engano. A concentração e o sossego de Bell me estremeceram. Me lembravam da felicidade dos nossos primeiros meses, quando ele me provocava com brincadeiras sem maldade, quando nossa estrutura moral parecia idêntica. Mas os mesmos gestos naquele momento me pareciam agourentos. E seus movimentos cada vez mais transmitiam uma serenidade que o faziam parecer desinteressado no que quer que o homenzinho estivesse dizendo. Como sempre, ele opunha resistência, sonegava participação. Na cama, Bell apoiava os ombros nus na parede, sempre esperando que eu fosse até ele. O homenzinho abria demais a boca para falar e gesticulava com o queixo. Após cada frase, se detinha e olhava intensamente para o rosto de Bell.

Bell desviava o olhar, soprava longas e indiferentes fieiras de fumaça. Aquele discurso começava a parecer um interrogatório. Bell o refutava, e eu sabia que naquele momento falava de sua ideia mais recente, a de que ninguém nunca tivera uma ideia original, a de que qualquer noção era uma confluência de notícias, ideias antigas, história, músicas, e cada pessoa era simplesmente uma dentre as muitas que a haviam captado no ar. O homenzinho ficou contrito, de olhos baixos, e aí pegou no pulso de Bell. Puxou-o para si e disse algo peremptório.

Bell se desvencilhou do braço do homenzinho, acendeu um cigarro e foi até a porta. Olhou para o meu lado, mas não me viu. Percebi por sua expressão compenetrada que pensava em mim e logo voltaria para casa.

O homenzinho pediu outra bebida, não parava de olhar para a porta e mexia os lábios mudamente. Pensei em consolá-lo, explicando que Bell era assim mesmo, que sobre ele os argumentos lógicos não surtiam efeito, ele era um surrealista. Eu lhe contaria das estranhas naturezas-mortas que eu constantemente presenciava ao acordar, um salto alto preto solitário, um ovo de galinha caipira, pregos compridos e grossos espalhados em volta, e aquela resolução de fórmulas dele. Eu testemunhara os cálculos: uma carinha sorridente mais um unicórnio é igual a uma motosserra, uma maçã mais um pênis é igual a um coração. Mas me senti idiota por pensar que o homenzinho era meu camarada e o deixei picotar seu guardanapo de papel em paz.

Decidi me sentar no parque sobre a Bush Street. Sabia que Bell tentaria fazer com que eu me sentisse uma maluca. Ele reeditava sua experiência, cortando dias e noites, favorecendo uma narrativa não linear. Certa vez, me disse que se recusava a se deixar aterrorizar pelo tempo. Ele mentia, se esquecia, devaneava. Vivia contando histórias, como a da vez em que conhecera um trapezista num bar, que eu não achava que podiam ser verdadeiras. Mas aí chegava pelo correio um envelope com um logotipo de circo. Ele pensava que, quando me abandonava, eu ficava paralisada, e que, quando ele discretamente voltava, minha vida se punha em movimento de novo, e o que mais me incomodava era que ultimamente aquilo era bem verdade.

Subi a California Street. Era ladeada por grandes casas vitorianas, ornamentadas feito caixinhas de joias. As casas eram recuadas e tinham pequenos quintais, e quando passei por um deles vi dois amantes em uma aleia delgada. Estavam vestidos de forma parecida, com o cabelo meio comprido. Um deles estava atrás do outro, de forma que eu não soube dizer se eram dois homens, duas mulheres ou um de cada. Primeiro pareceram estar olhando a lua, mas depois vi que seus olhos estavam fechados e entendi que, de uma forma ou de outra, estavam fazendo amor.

O parque era um oásis em meio aos prédios de pedra e ao asfalto da Nob Hill. Tinha um arranjo europeu, com canteiros de copos-de-leite e fontes. Havia ali bancos com pés de lagartos chifrudos e estátuas de mármore, uma delas de menininhas, sombreadas por buganvílias. No meio, ficavam soldados de pedra reclinados; sua atitude forte e potente me fazia lembrar da dos monstros encouraçados. Fui sentar num lugar afastado, sob um eucalipto. O cheiro da tintura havia passado e o bourbon não era mais que uma sensação de calor na testa. Com o rosto nas mãos, senti meus traços embaraçosamente delicados. Mas de cabelo tingido eu não ficava delicada. Agora eu fazia mais o gênero de vadia destruidora de corações. Ela veio a mim: bolsa vagabunda, quadris bamboleantes e, ligada a ela, outra imagem — uma ponte pênsil improvisada oscilando perigosamente.

Bell queria um discípulo, alguém que concordasse que ele era um novo tipo de pessoa, definindo formas modernas de se viver que nada tinham a ver com os compromissos tradicionais, com potencial para um emocional vigoroso e vacuidade moral. Às vezes eu achava brutais as ideias dele sobre relacionamentos, mais frutos de uma infância difícil e de uma adolescência complicada do que alguma verdade futurista inevitável. Mas outras vezes vinha uma ansiedade insidiosa que me recordava do darwinismo, me fazia imaginar se não deveria dar ouvidos caso eu quisesse, como queria, esmagar as partes fracas de mim mesma.

Quem era aquele homenzinho? Se fosse o Kevin, seria mais simples. Nesse caso haveria motivos lógicos para sua preocupação e seu mau humor cada vez maiores. Mas sua obsessão por

Kevin, seu primeiro amor, datava de dez anos antes, e se devotava a um menino que Bell admitia que não existia mais. Às vezes penso que me apaixonei por Kevin junto com outros pedaços do passado de Bell. O que é o amor senão uma nostalgia pela história de alguém? Seus lugares favoritos de infância, seus aborrecimentos de adolescência, suas viagens pelo interior do país, suas brigas com os pais e especialmente seus antigos amores? Às vezes acho que me interesso mais pelos antigos amantes de Bell do que por ele próprio. Quando o conheci, ele estava saindo com uma mulher. E, embora eu jamais a tenha visto, a descrição dela era tão parecida com a de Marilyn que era assim que eu pensava nela. Uma vez telefonei para ela, e a secretária eletrônica revelou uma voz incorpórea, grave e segura de si, fiquei me sentindo idiota. Mas Bell só tinha saudades mesmo de Kevin, e às vezes, nos últimos tempos, tenho me flagrado com saudades dele também.

Bell me contou que Kevin era moreno com peitoral exíguo e sem pelos, com um pau cor de batom rosa ligeiramente curvado para a esquerda. Tinha um olhar inteligente e mania de jogar o tronco para a frente quando estava tentando convencer alguém de alguma coisa. Quando eu pensava em Kevin, ele estava rodeado por uma suave luz solar, feito Jesus. Às vezes parecia estar sorrindo para mim, e eu me sentia sendo puxada pela mente para o fio de pérolas das lembranças de Bell. Mas, uma vez lá, achava tão frustrante quanto ficar assistindo pela janela a vizinhos jovens e bonitos fazendo amor.

Pensei em Bell no dia anterior, em como havia satirizado os arrulhos femininos, fingido uma expressão sonhadora, jogando a cabeça para trás numa paródia do orgasmo feminino. O deboche em sua voz, "Tira isso", enquanto esticava a malha do body e fazia o elástico estalar contra minha pele. *Ele me faz mal.* Essa ideia me assombrou, e passei algum tempo contemplando a água da fonte esguichando em meio às estátuas. Um vento forte embaralhava as folhas do eucalipto. A natureza é mais bela em movimento: o vento, a água, o sol poente. E foi então que vi uma mulher entrar despreocupadamente no parque.

Ela se debruçou na beira da fonte, deixando o cabelo comprido roçar a água, usando um minivestido de estampa indiana e sapatos de plataforma. O vento tremulava os copos-de-leite. Ela desafivelou os sapatos e, com um movimento experiente, tirou o vestido pela cabeça e entrou na fonte. Fiquei alarmada, me ouvindo respirar diferente, como no sexo. Ela estava nua e tão pálida que o mármore parecia encardido em comparação. Quando olhou na minha direção, seus olhos refletiram a luz e lampejaram vermelhos. Se me via, não parecia se importar. Seus traços amplos eram suaves, mas aquilo bem podia ser tanto a calma dos loucos como uma tranquilidade verdadeira. Rapidamente, ela lavou os pés, se agachou, jogou água por entre as pernas e sobre os seios. Levantando, enfiou a cabeça entre as coxas de um soldado de mármore e por um momento ficou envolta em uma coluna de água espumante. Sentando à beira d'água, torceu o cabelo e raspou a água do corpo com as palmas bem tesas e abertas. Ela emanava um poder frágil, nada perigoso, só resiliente, como se ela fosse difícil de matar. Admirei sua falta de medo. A mulher vestiu o vestido de volta, segurou o cabelo molhado para trás enquanto calçava os sapatos de plataforma, então se voltou na direção das luzes leitosas de Tenderloin.

Fiquei de pé e observei-a descer a ladeira. A água parecia absolvê-la. Sua postura era régia, e ela não olhou para trás, embora eu desejasse que o fizesse e me visse, pequena, de pé em meio às árvores. Me senti melhor… talvez fosse o simples fato de saber que Bell ia retornar ao nosso apartamento, já tendo passado do Bacchus Kirk e do bar malaio da esquina. Ou talvez a mulher fosse um talismã, um que ia me ajudar seja lá no que viesse a seguir.

* * *

Ao abrir a porta do apartamento, pensei que os olhos acesos do leopardo eram duas pontas de cigarro, mas aí senti o vazio do espaço e entendi que Bell ainda não estava em casa. Não acendi a luz. Toda vez que ele ia embora de um lugar, era como se jamais tivesse estado nele. Passeei pela sala tocando coisas. *Isso é dele...* Eu estava tentando forjar intimidade com aquele cômodo. Precisava que ele estivesse do meu lado. Onde eu estaria quando Bell chegasse? Na cama ficaria parecendo que já me rendera. E se me apoiasse no umbral da cozinha e acendesse um cigarro? O que aquilo indicaria? Indiferença? Eu poderia me meter na banheira, forçá-lo a falar comigo pela porta fechada — me agradava a implicação disso — ele ia se deparar com a imagem mental do meu corpo, sempre mais poderosa do que a realidade. E eu não teria que correr risco algum — já tinha aprendido a lição com o body. Ou poderia evocar meu lado cáustico colocando a cadeira de espaldar reto no meio da sala. Tentei fazer aquilo, mas a cadeira mais parecia um objeto cenográfico, e eu me odiei por conferir tamanho poder a cada possibilidade.

Sempre tinha pensado no amor como um estado estressante porém produtivo, porque nele a pessoa tentava se aprimorar para o ser amado. Mas aquilo era pose, não uma melhora de verdade. Eu estava querendo agradar. Era o que minha mãe tinha feito para tentar segurar meu pai. Ela mantinha uma aparência agradável, agia de forma agradável, deixava a casa agradável, tudo num esforço para amolecer as incertezas e os aborrecimentos do desconhecido.

Bem nessa hora o telefone tocou, e eu sabia que era ela. Entre nós há uma telepatia que às vezes quase parece a laser, a ponto de me assustar. "Oi", disse ela. "Tudo bem com você?"

Minha mãe usava um tom casual, desses que tentam ocultar um grande desespero. Respondi às suas indagações de sempre. Quando conversamos, sou como que sugada pelo conforto da sua voz; quando estou na presença dela, seu olhar se torna predatório. Minha mãe me vê como parte de seu corpo, algo que ainda deveria estar lá dentro, um coração ou um fígado que ela quer de volta.

"Você se lembra do presidente do banco? Aquele que tinha um caso com a secretária? Tem sido um horror, a esposa não quer se divorciar dele. Dizem que ficou maluca. Ontem, ela entrou no banco e jogou ácido na cara da secretária." Ela se deteve, não como se a história tivesse terminado, mas como se estivesse espantada.

Examinei a história em busca de um sentido oculto. Se por um lado a implicação parecia ser de que minha vida também corria risco porque eu também me metia com perversões, por outro não parecia se encaixar na trama costumeira de... eu ter me apaixonado por um homem ruim como meu pai, ou até mesmo de as pessoas mais doidas no fim das contas sossegarem. Aquela ali parecia ter a ver comigo ou com Bell... que doideira.

Minha mãe recomeçou a falar, mas eu devaneei. Ela estava certa, eu nem sempre lhe dava ouvidos, mas era nela que eu pensava, me lembrando de um caso de quando eu tinha quatro anos — eu sabia que ela estava de regime e vi na TV alguma coisa sobre uma operação em que tiravam uma parte do intestino para você ficar mais magra, então lhe contei que isso existia e disse que ela deveria fazer. O rosto dela ficou todo vermelho, ela ficou tão brava que fiquei confusa, aterrorizada, e passei o resto do dia atrás dela tentando consertar as coisas. Quando ouvi os pneus do meu pai na entrada de cascalho, eu estava sentada na escada abafada do porão observando minha mãe pôr roupas na máquina de lavar. Ele passou direto por mim. Ela disse a ele que tinha tido um dia péssimo, começou a chorar e disse que eu tinha sido malcriada. "Não fui, não", falei, tão revoltada que fiquei até zonza. Minha mãe me olhou no olho pela primeira vez desde a manhã e disse: "Você quer que eu entre na faca".

O tecido da memória se dissolveu, e ouvi a voz dela de novo. "Como você está, querida? Sabe que me preocupo."

"Estou bem", falei, afastando o telefone do ouvido logo em seguida, porque ouvira passos subindo a escada. Disse-lhe rápido que precisava desligar.

"Tá bom", disse ela, dura. Não importava se conversássemos por dez minutos ou duas horas, minha mãe nunca queria desligar. "Então tchau."

Sempre fico com um mal-estar depois de nossas ligações. É sempre assim com a minha mãe. Mas eu a amo e provavelmente ainda mais depois de um telefonema esquisito: seus braços gorduchos, seu jeito de falar que nem bebê quando está chateada, suas pantufas com pequenas rosas que usa até as solas ficarem gastas e cinza, e seu senso rígido de honestidade que a obturou neste mundo tão desonesto.

De início os passos do Bell pareceram vagos — depois ficaram mais firmes, centrados e sérios, certeiros feito num duelo. Corri até a cozinha, percebendo enquanto ele procurava as chaves que era uma tolice me esconder, então abri correndo a porta da geladeira, sabendo que a luz branca pareceria longínqua e lúgubre no apartamento. A chave já estava na fechadura... na geladeira, havia várias formas estranhas em papel-alumínio, uma jarra verde com suco de laranja, um pote solitário de coquetel de camarão, um pedaço de salmão defumado já ficando marrom e meio tomate perdendo seu tônus. O problema de ser uma mulher moderna, pensei, enquanto a porta da frente se escancarava, é que você tem que fingir ser mais forte do que é.

Ele andou direto até mim e se apoiou no umbral da porta. Seu cabelo estava embaraçado e seu rosto mostrava princípios de barba. Seu cigarro trazia um longo toco de cinza que ele descartou na própria mão. Quando tragou, a ponta acendeu, iluminando seu rosto de baixo para cima. Como um bom ator, Bell demonstrava uma postura diferente daquela do bar. Sua presença adensava a atmosfera do apartamento. Abri a torneira. A água bateu na pia. Bebi um copo inteiro, depois me servi de outro. A proximidade do corpo dele me deixava insegura. Talvez eu tivesse exagerado. A torneira jorrava. Eu sabia que teria que dizer alguma coisa assim que a fechasse. Sua abordagem costumava ser se fazer de mais ofendido do que eu ou levar a discussão a extremos — "Você quer o quê, que eu fique acorrentado na cama?" —, me fazendo parecer irracional.

Ele ia me fazer falar primeiro, como sempre fazia. Ele sabia que o silêncio era uma reprimenda, perturbadora como vômito, e que, quase histérica, eu iria correndo satisfazê-lo, limpar o recinto, deixá-lo confortável. Percebi que a pele ao redor dos olhos dele estava fina e acinzentada, talvez estivesse exausto, mas aquilo lhe dava uma aparência destemperada, e eu sempre associava olhos como aqueles ao mal. Notei que, desde que ele se fora, meus pensamentos o haviam transformado num verdadeiro desconhecido.

"Por onde você andou?" Eu não queria ter começado assim, sabia que seria melhor ter parecido indiferente.

Ele deslocou o quadril num contraposto displicente e estreitou os olhos. Provavelmente queria parecer sexy ou poderoso, mas só pareceu desmazelado.

"Me perdi no caminho do cigarro e acabei indo parar em Bernal Heights. Tem um parque lindo lá, com mendigos cozinhando em fogareiros e um velhinho tocando violino num banco." Sua intenção era soar fofo, tentar diminuir a tensão e demonstrar que eu estava sendo possessiva e me fazendo de mártir. Como não respondi, ele tentou de novo. "Gostei do seu cabelo." Ele avançou, tentou me tocar.

Afastei a cabeça rápido, batendo-a forte no armário da cozinha. "Filho da puta, pensei que você tinha morrido."

Seu rosto se retesou, sua boca se comprimiu. "Porra nenhuma. Você pensou que eu estivesse trepando com alguém. Se confiasse mesmo em mim, nem estaria interessada. Você precisa de um triângulo amoroso para se sentir viva, Jesse."

Eu era viciada no medo da infidelidade e acreditava que os relacionamentos eram como a santíssima trindade: com dois componentes humanos, um sempre mais divino do que outro, e algo mais entre eles, o outro — uma filosofia aberrante, uma pessoa ou uma assombração feito o Kevin.

"Não ligo pro que você faz", menti, e ele deu um sorrisinho para mostrar que sabia que era mentira. "Mas você não pode simplesmente sumir."

"Eu seria incapaz de fazer isso se não tivesse certeza de que você estaria aqui", disse ele.

"Problema seu", falei. Ele estava tentando conjurar a Esposa de Coração Nobre. Eu devia ter orgulho de sofrer por ele. Tentei me esgueirar para passar, mas ele segurou meu braço e disse: "Preciso de você comigo".

Sua voz tinha um quê enferrujado que passava insegurança. Bell era assim. Sua pose era sinal de que, no fundo, se sentia frágil e desamparado. Houve vezes em que perguntou minha opinião quanto a que presentes dar à família, ou se eu achava que ele dissera algo de errado durante um jantar social. Aquilo me lembrava de quem ele era excluindo seu mau comportamento, de como eu o amava e não queria ir embora de verdade. Resolvi ser honesta, em vez de maldosa. "Estou cheia de você achar que tem direito de sumir."

"Eu pensei que você era do tipo que ia me permitir infidelidades mentais."

Aquilo ia virar um discurso sobre liberdade abstrata, ele ia revisitar seus surrados argumentos: sobre o indivíduo, sobre como os pobres pensam que são livres porque podem sair do país, ir à faculdade ou ganhar na loteria. Mas raramente isso acontecia, e em vez disso trabalhavam feito prisioneiros e moravam em apartamentos pouco mais confortáveis que celas. Ele só queria, dizia ele, uma coisa: precisava sonhar.

Ele olhava com frieza para a mão cheia de veias. Apertando o toco do cigarro no cinzeiro de vidro azul. Enquanto sua cabeça estava abaixada, vi seu crucifixo acima da pia: um Jesus lilás em uma cruz tão branca que brilhava.

"Fico me sentindo péssima com você suspirando pelo Kevin", falei devagar. Seu rosto reagiu à menção de Kevin, e ele foi até o sofá, sentando-se de qualquer jeito, chutando uma moeda no piso.

"Minha vida era muito boa na época do Kevin."

"Todo mundo tem uma vida boa aos dezessete anos."

"Foi mais do que isso. Tudo era novidade, agora pareço um viciado, parece que preciso de doses mais severas de experiência para sentir qualquer coisa que seja."

Em todas as nossas discussões eu desejava que ele maculasse a memória do Kevin, que dissesse que fora perverso ou que era emocionalmente imaturo, que preferia as mulheres, que preferia a mim.

Bell ficou calado. Havia sempre esses momentos em que ele se recolhia, se sentia comovido e incompreendido, acima de conflitos domésticos, como se a interação com qualquer pessoa que fosse o conspurcasse. Ele cruzou as pernas, seguindo com o olhar o contorno irregular dos prédios do alto da colina. Ele era bonito demais para este mundo.

Eu lhe disse que ele era o demônio. Vivia dizendo isso com carinho, mas naquele momento o fazia em paródia ao jeito costumeiro. "Você é o demônio. Eu devia ter te deixado no começo, quando te vi dançando com aquele garoto negro, colocando serpentinas no pescoço dele, deixando ele sentar no seu colo."

Um rubor se disseminou pela face de Bell. "Falou a filha do pastor."

Quando ele começava a insistir que eu era pudica, moralista, estragada pelo meu pai, era inútil discutir. Ele entrava no modo extremista, me chamava de burguesa, alegando ser proletário, ridicularizava minha educação clássica, dizendo que tinha estudado na escola da vida.

"Olha só", prosseguiu ele. "Todo mundo ia se aliar ao diabo se pudesse."

"E depois soltar a bomba."

Vários segundos transcorreram até que ele dissesse com o timing dramático perfeito: "O prazer, meu amor, nem sempre é igual a pecado".

Quando estava encurralada, eu soava conjugal, convencional. Fiquei calada.

Ele estava ficando agitado, se balançando no sofá, falando com força. "Admita que qualquer um de nós poderia ir a um bar, seduzir um desconhecido, que o sexo seria melhor do que o que fazemos juntos."

"Isso porque quando se está apaixonado os problemas vão junto para a cama."

"Você mesma me disse que fantasia com estranhos, com dar prazer a vários homens ao mesmo tempo." Ele olhou bem nos meus olhos, então ficou de pé devagar, empertigado, tentando argumentar com o corpo.

"Eu disse isso porque pensei que você ia entender. É a diferença entre pensar em matar alguém e fazer isso de verdade."

Ele pegou minha mão e a segurou com a palma para cima, então deslizou a ponta do dedo sobre minha linha da vida, fazendo cócegas. "Imagine só se eu não te conhecesse, se visse você na rua e te notasse porque seu cabelo cobre metade do seu rosto e seus quadris requebram num ritmo preguiçoso que pede: 'vem, me come'." Ele apoiou a mão frouxa sobre a outra e me puxou devagar em sua direção, como se meu braço fosse uma corda. Pude sentir seu hálito no meu rosto. "Eu seguiria você pela rua até a escada na frente do seu prédio. Observaria suas coxas esguias embaixo do vestido sumirem portaria adentro, pensando em como devia estar molhada, em como seus peitos deviam ser fartos e frescos ao toque. Aí eu ia te seguir escada acima. A porta ia se abrir. Eu ia te ver pelada na cama, no feixe de luz do corredor."

Ele me puxou para junto dele, segurou metade da minha bunda em cada mão e sussurrou no meu ouvido. "Primeiro eu ia sentar na cadeira perto da cama e te tocar, alisar suas saboneteiras, contornando seus peitos em espiral com os dedos até chegar ao bico. Aí eu ia abaixar a cabeça e te chupar."

Meu rosto estava enterrado em seu cabelo; fumaça, eucalipto. Eu sentia que estava ficando molhada e sabia que não ia tentar detê-lo. Ainda que não fosse o que eu queria, aquilo pelo menos era parecido. Me convenci de que ele querer sexo significava me querer, mas aquilo me pareceu ingênuo e esperançoso demais, digno de uma colegial ou de uma puta sonhadora.

"Quero trepar", disse Bell, dramaticamente. Como tudo na cama, você finge; finge que está mais desarticulado, mais animalesco, mais forte ou mais fraco. Fiquei lisonjeada que ele dispendesse tal energia com a sedução e permiti que me guiasse pelo cômodo até me derrubar na cama.

As persianas estavam abertas e os prédios compridos se alteavam sobre nós. Ele passou a língua pelos meus olhos e pelas minhas orelhas. Enfiei a mão em sua calça, seus pelos estavam úmidos e seu pau estava lustroso de duro. Bell puxou minha camisa para cima, tampando minha visão. Senti a mão dele se ocupando do fecho do sutiã. Seria ele capaz de me deixar daquele jeito? Levantei os braços e ele terminou de tirar minha camisa, sorvendo meus mamilos até ficarem duros feito nozes. Bell descansou a cabeça sobre minha barriga e abriu minha calça. Seus dedos suaves entraram nas dobras de carne úmida. Rebolei para tirar o jeans, conseguindo libertar apenas uma perna antes que Bell me interrompesse, abrisse minhas pernas, ajoelhasse no meio delas, encaixasse as mãos sob minha bunda e erguesse meu sexo como se estivesse colhendo água para beber.

Senti a cama sumir debaixo de mim, e o chão, e o teto e as paredes, e tive a sensação de que saíamos flutuando pela janela. O tempo também foi embora e nos abandonou, porque quando se está trepando é impossível pensar nos próximos dez minutos ou nos próximos dez anos. Porque a trepada, quando é boa, parece ser tudo, e há dor entremeada ao prazer quando você se lembra de coisas que são horríveis, até quase não estar viva, e tantas vezes o bom fica ruim que você decide viver a vida que mais temia, a ordinária, a que é fácil e difícil. Mas aí penso naquela outra vez em que ele me fez ficar em pé na cadeira e abaixou minha meia-calça, em como vi seus dedos desaparecendo dentro de mim. Mas não quero ser uma amante assim, então passo meus dias em devaneios, fantasmas de uma língua, um pau ou um dedo despontando sob minhas pálpebras.

Pelo jeito como ele se sustentava, apertando os lençóis com os punhos fechados, e como arremetia o quadril, procurando instintivamente um ângulo que deixasse seu esperma o mais próximo possível do colo do meu útero, percebi que ele estava quase lá. Pensei no que eu sempre fazia… empinar a bunda, deixar gozarem entre os meus peitos. Depois a cantiga de sempre para fazer minha cabeça… casa comigo, trepa comigo, casa comigo, trepa comigo, casa comigo, trepa comigo. Tive um pensamento passageiro sobre estarmos um se alimentando do outro. O pau dele pulsava, e veio a sensação de água subindo rápido, como numa enchente, e de repente fiquei surda e muda de prazer. Ele desabou sobre mim. Seu peitoral prendeu ar, fez um som de buzina. Era regra entre nós nunca falarmos depois. Ele era partidário do gesto, não da palavra, e me acusava de estragar o momento definindo-o.

Ele deslizou de mim e rolou para o lado. Sua respiração foi ficando mais suave, e eu via que estava caindo no sono. Bell se tornava aquela coisa querida: uma sublime criança adormecida. E se eu não precisasse reconhecer toda a estática extra de nossos relacionamentos? Talvez tudo continuasse bem, ao menos por ora.

Por muito tempo não consegui pregar o olho. Estava ciente demais das diferentes texturas do lençol e da fronha, do ar e dos feixes agudos de luz. Também das paredes, com suas formas malévolas e granuladas. Me sentia assustada, e me recolhi ao conforto do peito cavernoso de Bell. Foi este aqui que escolhi. Ele faz sentido para mim. Não por fazer algo em especial, mas pela forma como fala, se mexe e se abandona ao sono ao meu lado. De súbito minha mente resvalou na incoerência e vi uma série aleatória de objetos flutuantes: os dedos esguios de Bell, o rosto da minha mãe, o frasco murcho de tinta de cabelo, a mulher na fonte. Todos se enfileiraram feito berloques numa pulseira, e deixei que me transportassem a uma inconsciência sedosa e, por fim, ao sono.

2

No silêncio do trem BART, a caminho da casa de madame Pig, eu só conseguia pensar na noite passada: em como dormimos encaixados feito pétalas, em Bell me acordando no alvorecer para me contar seu sonho — estávamos num táxi sem motorista atrás de uma bola de tênis que eu rebatera com tanta força que ainda nos sobrevoava. Perseguimos a bola por uma estrada cheia de fábricas abandonadas e galpões de folha de flandres, depois fizemos uma curva violenta para entrar em uma área de casarões carbonizados. A última coisa de que ele se lembrava era de se agachar ao pé de um dólmen de madeira chamuscado, com a luz sanguínea no horizonte.

Primeiro pensei que o sonho parecia um bom sinal, talvez até uma marca do meu poder. Mas todo o contentamento com a noite se evaporou como o charme efêmero de um hit musical. Percebi que os subúrbios bombardeados eram sua ideia de domesticidade em geral e do nosso futuro em particular.

Parecia loucura ter ficado. Com Bell eu vivia à beira de

um ataque de nervos, mas pelo menos assim me sentia viva. Também suspeitava que estava perto de conquistá-lo e que, se o fizesse, Bell ia se tornar um amante dócil e amável. Mas o mito de domar um homem era idiota, tão idiota quanto acreditar que haveria algum benefício de longo prazo no desfecho sexual em que nos metemos na noite passada.

O BART fez a curva para Oakland. Pensei que o amor fosse igual a um esquecimento de si, uma sensação calmante, centrada, como estar chapada numa onda boa, mas eu só sentia um pânico acelerado. Não conseguia me esquecer de mim e era desconcertante como a vida de Bell parecia estar sobreposta à minha. Naquele mesmo minuto, Bell devia estar sentado à mesa junto à janela fumando, observando o tráfego, dando uma ocasional olhada no roteiro da peça para a qual faria teste naquele dia. Estaria bebendo chá com bourbon para acalmar os nervos. Mas parecia que era a minha própria mão pousada na xícara de chá, o meu próprio ouvido escutando a água matraquear na banheira antes do banho dele.

Bell ainda era exótico para mim. Se eu fosse capaz de aprender a pensar nele como uma pessoa normal, conseguiria me desemaranhar. Eu jamais conhecera alguém como ele nem vira uma vida como aquela. Ele me levou ao apartamento aveludado de uma atriz que tinha uma dúzia de casacos de pele e uma voz que era puro gim e cigarros. Quando fomos ao museu no Golden Gate Park, Bell olhou fixamente para o Caravaggio por vinte minutos. Eu adorava como ele sempre estava do lado dos fracassados da vida e os considerava mais intuitivos e inteligentes do que os outros. Bell usava ternos de segunda mão e lia livros obscuros em grego. Os volumes finos ficavam elegantemente jogados pelo apartamento, feito tulipas. E, quando eu espiava o conteúdo, o alfabeto indecifrável me parecia a linguagem dos sonhos. Depois do meu passado suburbano sem-graça, aquilo era forte como heroína.

Do trilho elevado, vi a frente do trem dobrar a curva adiante. À frente dela, cavalos de Troia gigantes descarregavam barris de aço dos petroleiros no porto, e chaminés de refinaria cuspiam fogo azul. Um helicóptero da polícia sobrevoava. No ponto mais fechado da curva, pensei: *É assim que as coisas são belas agora.* Havia galpões de alumínio em tonalidades mortiças de cinza e verde, e, mais próximo dos trilhos, casas lacradas com tábuas.

O BART ia deslizando de estação em estação. Talvez eu tivesse arruinado minha vida. Tudo o que você faz importa demais, e é possível envenenar sua relação atual com atos do passado. Com Bell, era a obsessão dele com Kevin. Eu observava como meu passado tinha efeito adverso sobre meus amantes, quando admitia fazer malabarismo com homens e mentir para eles. Infidelidade é um negócio complicado. Há menos significado em uma traição do que em um relacionamento, de forma que eu mentiria para Bell. E, embora não estivesse mentindo naquele momento, o fato de eu ser capaz de mentir podia significar que ele estava mentindo.

Como madame Pig estaria se sentindo hoje? Pig era uma mulher enorme que usava vestidos trapézio de tecido cintilante com estampa de aves tropicais. Seu cabelo era tingido de um loiro cor de morango e seu rosto estava sempre coberto por uma generosa camada de maquiagem. Suas unhas eram compridas, sempre manicuradas à perfeição e pintadas de um tom de rosa que ela dizia que a lembrava da Pérsia. Seu nome vinha de uma história sobre seu ex-marido ser dono de um porco de estimação que fumava charuto e bebia latas de cerveja. Pig era a melhor narradora que eu já conhecera, especializada em histórias de adultério em que mulheres, ao ouvir os maridos chegando de surpresa na escada, mandavam os amantes se esconder pelados na saída de emergência.

Havia vários boatos sobre como se tornara rica. Segundo ela, com a herança de uma condessa que acompanhara certa vez em uma viagem pelo Oriente Médio. Outros diziam que era dinheiro do marido, que herdara uma fábrica de geleias no País de Gales e pagara regiamente a ela para poder ir viver com uma jovem *starlet* parisiense. Uma mulher me contou que Pig o estrangulara, depois enterrara no terreno baldio ao lado da casa. Diziam que ela havia estrelado filmes eróticos cult e que fora cafetina do bordel mais estiloso de New Orleans.

Seja lá de onde tivesse vindo o dinheiro, ela não via o menor problema em gastá-lo. Pig adorava dar festas com lasanhas gigantes e fontes de champanhe. Acendia velas e deixava as drag queens brigarem pelo controle do som. Conheci muita gente lá: uma feminista que tentava destruir o mito do cânone estético, músicos que insistiam que o house era o blues da década de 1990 e um artista performático que se cobria de sangue animal e declarava que a narrativa havia morrido.

Na última festa, eu estava na cozinha ajudando Pig a preparar um aperitivo de abacate com queijo e camarão quando ela virou para mim, estendeu a taça para que lhe servisse mais vinho e disse: "O Bell é mesmo lindo, não é?". Não respondi. "Mas não dá para casar com outro e mantê-lo como amante?"

Fiquei tão alarmada que derramei borgonha nos dedos dela, tentei desajeitadamente me defender, dizendo que não queria me casar, que gostava da espontaneidade dele. Ela se afastou do fogão, com o rosto corado e os olhos um pouco lacrimejantes do calor, depois pegou na minha mão como se fosse minha mãe. "Bem… nunca conheci uma moça bonita que não estivesse a caminho da perdição."

Na mesma noite, mais tarde, depois de dois jovens irlandeses terem cantado uma canção celta sobre um cargueiro cheio de carneiros soçobrando no oceano, Pig ficou de pé às tontas e, erguendo a taça bem alto, começou a fazer um brinde. Estava tarde, e todos estendidos languidamente sobre a mobília. "Ao amor", disse ela, "esse ovo delicado… e ao mal… que nos provoca e nos tenta como todo bom amante deve fazer." Pig volteou a cabeça dramaticamente. "E também ao meu falecido marido, tão querido… e tão bonito quando estava com barba de um dia." As drag queens deram risinhos. "E, acima de tudo, à total devastação física e mental que nos espera no futuro. Enfim nosso tédio e nosso vazio interiores não vão mais ser intimidados por uma natureza viçosa e saudável."

Houve palmas aqui e ali, e madame Pig enrubesceu, voltando-se para o som. Queria ouvir o disco da Hildegard Knef. Mas, antes que pudesse dar um passo sequer, Pig cambaleou, ergueu a mão como se estivesse apanhando uma borboleta no ar, caiu de joelhos e rolou pelo chão.

Por um segundo, ela ficou inerte, depois, com o rosto contra o carpete, disse: "Alguém pode me levar para o meu quarto, por favor?".

Três homens acorreram, pegaram-na pelas pernas e pelos ombros e tomaram impulso para erguer seu corpanzil como se fosse uma mesa de sinuca. Segurei a cabeça dela, que pendia feito a de um bebê. No caminho, ela falava incoerências, dizia aos homens que os amava, que podíamos todos ir morar com ela. A baba escorreu pelo rosto de Pig e melou minha mão. Deitaram-na delicadamente sobre a cama, postando-se ao lado embaraçados, juntando instintivamente as mãos, como na igreja. O mais velho meneou a cabeça indicando que deveriam todos sair dali. Apertou a mão dela, seus olhos se abriram, e ela disse: "Deixa eles dançarem". Joguei um cobertor por cima dela, fechei as cortinas contra a fraca luz industrial alaranjada. Ela me pediu com voz borrada para ir vê-la três vezes por semana, que agora precisava de mim e me pagaria bem, porque suspeitava que logo ia morrer.

O BART parou bem acima da rua. Descendo os degraus após as colunas de cimento, vi, deitados no mato alto, dois amantes bem agarrados, totalmente circundados por jornais velhos e embalagens de fast-food. O cabelo da moça era comprido, alastrando-se feito hera. Não me notaram. O barulho da rodovia e do trem passando criava uma espécie de silêncio negativo em volta deles.

Aquela parte de Oakland era árida comparada à arenga urbana de San Francisco, até mesmo anêmica com suas casas de latão e seus terrenos cercados. Em frente à estação havia um supermercado que vendia meio quilo de uvas a trinta centavos, diversas pimentas, figos-da-índia e outros produtos mexicanos. Atrás havia uma fileira de casas descoradas com quintais de terra. Havia frascos de crack pela calçada toda e um gato morto numa caixa de papelão perto da caçamba de lixo.

Um homem num Ford branco próximo dos telefones públicos ficava dizendo: "Aí, magrinha. Aí, magrinha". Dei uma olhada rápida nele. Usava uma camisa caribenha aberta para mostrar os pelos do peito e uma correntinha de ouro. Ele assobiou, mas não me virei. "Boceta fedorenta", disse o homem enquanto eu me afastava. "Tô sentindo daqui." Ele riu alto, como se realmente se achasse engraçado. Passei correndo pelos seus faróis com adesivos de Jesus, depois por um muro com assinaturas de pichadores e uma silenciosa fábrica de tijolos. Pelas janelas vazias, entrevi silhuetas sentadas em colchões jogados pelo chão.

A casa de Pig era coberta de trepadeiras. Era uma impressionante casa vitoriana de pedra, ainda com rostos de querubim em cada cornija. A calha estava solta e caída, entupida com as folhas pontudas do limoeiro. Lascas de tinta caíam feito neve a cada sopro de brisa. E os canteiros de íris lilases haviam empalidecido com a chuva. Todas as outras casas do quarteirão tinham sido demolidas, com a terra revirada, o solo sarapintado de poças sujas e fundas. Atrás do lamaçal, os imóveis estavam lacrados, os terrenos adjacentes cheios de lixo e sofás coalhados de ratos. O caminho até a porta fora demarcado com pedaços de ardósia.

Carrapichos se agarravam à minha calça enquanto eu andava. Lá dentro, parei para descansar e tirar os carrapichos, deixando os olhos se ajustarem à atmosfera mais fresca e escura. De um lado, a sala de jantar, que sempre cheirava a pétalas de rosa e chá de camomila. Ali havia uma comprida mesa de nogueira e estranhos quadros de operários estilizados em meio a uma barafunda de equipamentos e fumaça. Madame Pig expunha sua coleção de louças de granada, centenas de pratos, canecas, cálices, saleiros, candelabros, molheiras e cinzeiros vermelhos. De cortinas fechadas, parecia modesta. Mas, nas noites em que Pig acendia as velas, os vidros projetavam luz confeitada por toda parte. A porta da sala de estar se encontrava fechada, mas dava para ouvir o relógio de pedestal atrás do sofá de veludo.

"É você, Jesse?", gritou madame Pig da cozinha.

"Sou eu!", respondi, atravessando o saguão para chegar até sua voz. Ao longo da parede havia retratos em pastel da filha única de madame Pig, Madison. A menina tinha pele branca feito leite e cabelos loiros. Talvez fosse sua palidez ou o fato de haver dez retratos de cada lado, mas sempre pareciam se iluminar e se animar feito num filme.

Pig estava sentada à mesa redonda da cozinha, tomando sopa de framboesa fria em uma tigela e bebendo vinho tinto. Naquele dia, ela parecia bem, mas, com seu rosto de buldogue e o estranho tom rubro do cabelo bufante, era sempre um espetáculo. Como nunca saía de casa, eu sabia que seu rubor jamais poderia ser de algum exercício, se devendo a uma aplicação de maquiagem particularmente bem-sucedida. Naquele dia suas sobrancelhas estavam eximiamente delineadas.

"Adoro sopa fria. Desce tão bem nesses dias em que sou a última pessoa do mundo." Pig ficou olhando para o prato como se algo que tivesse perdido há muitos anos fosse emergir a qualquer momento.

"Sopa é bom", falei, nunca entendendo se suas exclamações deveriam ser respondidas.

Ela ergueu o olhar. "Jesse", disse rápido, "você trouxe mangas?"

Fiz que não. "Mas posso ir procurar." Pig olhou para mim como se eu fosse louca, com os olhos arregalados. "Por que você iria lá fora?" Ela fez um gesto indicando a janela e o terreno lodoso.

"Falei em ir comprar." Era sempre difícil saber o que dizer a Pig. Além do mais, nada que eu respondesse parecia ter relação com sua resposta. "Não", murmurou ela, "não, não, não..."

Sentei numa cadeira bem estofada. Eu adorava aquele aposento. O papel de parede tinha uma estampa gigante de magnólias indecentes inundadas por uma nebulosa luz de luar. Pig estava sentada do outro lado de uma mesa redonda de cerejeira com poltronas desencontradas. Minha primeira impressão fora de que cadeiras estofadas ficavam estranhas numa cozinha, até eu entender a lógica interna de abundância da casa e como madame Pig pareceria ridícula sentada em uma cadeirinha de perna fina.

Fiquei observando-a levar a colher de sopa à boca com toda a elegância e folhear uma revista velha; havia pilhas e pilhas delas sobre a mesa. Ela as lia, algumas com até vinte e cinco anos de idade, como se fosse tudo informação nova.

"Você parece bem", falei.

Ao ouvir isso, ela ergueu a cabeça, me deu uma olhada que transmitia o quanto desaprovava amabilidades inócuas, soltou a colher dentro da sopa e disse, desconfiada: "Quem foi que te disse que você tem que fazer o que não quer?". Pela posição de seu queixo, percebi que ela ficara o fim de semana inteiro pensando naquilo. "Sua mãe?", perguntou Pig. "É uma vergonha o que as mães fazem. O que querem ensinar é que as mulheres ficam mais fortes com as coisas ruins que lhes acontecerem. Não que você tenha que fazer coisas ruins acontecerem com você, ou, o mais importante, fingir que gosta de situações desagradáveis."

A última parte fez meus olhos marejarem, e madame Pig disse: "Ah, querida, ele te abandonou de novo?".

Fiz que sim com a cabeça e enxuguei os olhos, mirando fixamente a tigela de vidro cheia de laranjas no centro da mesa. Contei a Pig que ele tinha ido comprar cigarros e não voltara para casa a noite inteira. Depois, que fiquei procurando por ele e o espionei enquanto conversava com o homenzinho.

Ela me interrompeu para dizer refletidamente que não odiava seu ex-marido. "Só desejo que nunca mais trate ninguém como uma vaca." Então seu olhar pareceu ausente, como se precisasse ir para dentro pensar no que havia dito.

Senti desconforto com aquele silêncio e fiquei olhando para a revista dela, a foto de um astronauta flutuando sem conexão com qualquer superfície ou nave espacial — ele parecia ameaçador com a faísca na máscara negra de seu capacete.

Quando me viu observando, ela disse: "É incrível o que se aprende observando os outros".

"Não sei se aprendi alguma coisa observando Bell."

"Quando você vê seu amor fazendo algo a respeito do que nunca vão poder conversar, mais cedo ou mais tarde vai deixá-lo."

Pensei em Bell num bar certa vez, mesmerizado por uma dupla de drag queens com longas perucas negras, botas de go-go girl e minissaias.

"Não dá para começar do zero com outro?", perguntou ela, compassiva. "Ah, sei que sempre te empurro para isso, mas adultério é tão mais gostoso quando você está se vingando."

"Bell é o homem que eu escolhi", falei, e meu tom de voz me assustou. Era firme e inabalável como o de uma evangélica recém-convertida.

Pig afastou o prato de sopa. "Bom", disse ela, "não posso fazer nada se você não quer ouvir a voz da razão. Mas ainda quero te contar uma história. Aconteceu com uma velha amiga minha. Ela era uma mulher conservadora, porém linda, com uns olhos azuis de gatinho e cabelo cor de pasta de amendoim. Foi rainha do festival de primavera e, embora tivesse muitas outras opções, decidiu se casar com um pastor aos vinte anos. Ele prometeu que fariam boas obras e sempre teriam dinheiro no bolso. Às vezes, quando estavam a sós, ela sentia algo de cruel no perfil dele, algo macio e perverso nos cantos de sua boca. Mas assim mesmo se casaram, tiveram vários anos de bonança, depois um monte de anos horríveis. Ela ficou gorda como eu e começou a agir com maldade e arrogância, e, quando se deu conta, ele vivia aparecendo com cheiro de outras e, se ela tentava se aproximar dele na cama, dizia: 'Não vem passar vergonha'."

Minha vista queimava, embaciada. "Essa é a história da minha mãe", falei para Pig. "Eu que te contei."

"Ah", fez ela, "não é de admirar que na minha cabeça parecesse pertinente a você." Ela não olhou para mim. Suas bochechas ficaram cor-de-rosa sob a pesada camada de ruge. Ela se ergueu desajeitadamente, seu imponente corpo tremulando, adernando feito um iate saindo do cais.

"Hora do banho", disse ela.

Na área de serviço ao lado da cozinha, a máquina de lavar era de um branco lustroso e erótico. Fui colocando as combinações e os sutiãs colossais de Pig lá dentro. No andar de cima, a água ainda batia no fundo da banheira. Eu ouvia o eco dos marulhos e dos rangidos de Pig se acomodando lá dentro, as coxas relaxando pesadamente contra as laterais, as costas afundando e descansando contra a porcelana. A roupa íntima de Pig, toda em tons pastéis e do tamanho de sacos de lixo de escritório, lembrava o estilo que eu usava no primário. Por que a gordura me dava vergonha? Os gordos não podiam esconder sua fraqueza ou tristeza como a maioria das outras pessoas. Eu costumava acordar à noite e colocar um travesseiro em cima da barriga, preocupada em estar engordando. Mas, à medida que enchia a máquina de lavar com seus vestidos gigantes, Pig não me parecia mais trágica, e sim abundante. Quase senti um certo conforto em sua enormidade.

Na cozinha, enchi uma esponja de detergente, lavei os copos verdes de chá gelado e comecei a trabalhar na terrina de sopa florida engastada de framboesas ressecadas. Por causa de Bell e dos meus pais, às vezes eu me sentia sabotada, e em outras pensava estar melhor assim, por ter superado certa visão de mundo sentimental. Ponderei a respeito enquanto rasgava um par de sambas-canção antigas para usar na faxina, e depois levava os trapos provenientes de um modelo com poá para a sala. Eu gostava de passar pano... passar pano não exigia os movimentos enérgicos de outras tarefas domésticas, e sim uma espécie de planar elegante que até mesmo a mulher mais inteligente estaria disposta a realizar. Dava para imaginar Virginia Woolf passando um pano, mas limpando uma latrina, impossível. O sofá branco, o relógio sobre a lareira, o abajur de porcelana; aquele cômodo não era tão eclético quanto os outros. Ali, cada objeto era como uma peça de museu, gélida de intento. Eram como as lembranças que interagiam entre si ou se repeliam para gerar meus humores sempre em mutação.

Pig gritou por mim. Fiquei parada, temendo que ela tivesse escorregado nos azulejos, perdido o fôlego, percebido que seu coração ia explodir em poucos instantes, mas aí sua voz se firmou e entendi que ela estava pedindo mais vinho.

A taça de vinho de madame Pig estava equilibrada na borda da banheira. O vapor rareava e seus traços enevoados ganhavam definição. Exceto por sua personalidade lírica, era difícil acreditar que ela já fora bela algum dia.

"Pode lavar minhas costas fazendo aqueles símbolos como você faz?", pediu ela. "Não inventa de negar. Eu senti tudo: placas de 'pare', símbolos da paz, letras Z. É tão gostoso absorver informação pela pele."

O corpo sob a água era gelatinoso e rosado, feito um Rubens. Quem não soubesse como um corpo deveria ser acharia que o corpo de madame Pig era um sonho lânguido. Seus seios boiavam e seus mamilos idosos flutuavam na linha d'água. Não importa quantas vezes a visse nua, eu sempre ficava surpresa e um pouco horrorizada. Mas a filosofia da banheira, a de uma mulher e sua banheira, era diferente daquela do quarto — nenhum critério masculino deveria poluí-la.

Ela discursava preguiçosamente sobre suas dores e aflições até que sua voz se adoçou numa sabedoria encabulada. "Quando eu tinha sua idade, Jesse, via um gesto, digamos o modo como um estranho abria a jaqueta ou como uma moça levantava o pé para verificar o salto, e não conseguia guardar na memória. A imagem ficava congelada, tinha aquela inatividade horrível da morte, o que ampliava o momento em que eu estava: meu coração, os tremores do carro, as nuvens, as pessoas se exercitando. Então eu via muito claramente o silêncio sombrio lá no fim. Mas, agora que eu sei que a morte está próxima, não é dramático nem assustador, é só entediante."

"Você não morreria", falei, "se fosse ao médico." Ela me ignorou, fingindo lavar o cotovelo. Seus pelos púbicos me lembravam de uma elaborada alga marinha.

"Por que não liga para sua filha?", perguntei.

"Não vejo a Madison há cinco anos", disse Pig.

"Então, podia ligar para ela agora."

"Eu queria mesmo era que você ligasse para ela."

"Eu nem a conheço."

Pig ficou de olhos fechados por tanto tempo que pensei que tivesse adormecido. "Em uma tentativa", disse ela, "de explicar por que não posso ligar para ela, vou te contar como foi que Madison resolveu ir embora. Steven me deixou. Ele vivia de renda e gente assim nunca se apega a nada de verdade. Madison ficou muito mal, não saía do quarto, cortou o cabelo curtinho e pôs um piercing no nariz. E, no mesmo espírito, ela comprou um lobo. Ainda não era adulto e se mostrava muito calmo, tinha cor de mel e carvão, com olhos verde-escuros. Ela o batizou de London e dava hambúrgueres para ele, às vezes um ou outro esquilo ilegal. Ele ficava acorrentado lá nos fundos. Arrancou a estaca tantas vezes que pagamos um garoto pra fazer uma base de cimento. Os meninos do bairro ficavam jogando gravetos por cima da cerca para provocá-lo. Pensavam que era um cachorro raivoso. Depois Madison começou a pedir para irmos libertá-lo lá em Big Sur. Eu estava num mau humor terrível e gostava de ver o bicho sofrer. Madison começou a ameaçar ir embora, mas não acreditei nela. Um belo dia, acordei antes do amanhecer ouvindo um ganido horrendo no quintal. O clima lembrava certas Sextas-Feiras Santas. A corrente do lobo estava completamente esticada, passando por cima da cerca. Espiei pelas ripas de madeira e vi o olhar de peixe morto dele e o sorriso da Madison. Ela tinha chamado o lobo, que tentou pular a cerca, desesperado para ir atrás dela." Pig fitava o fundo da banheira. "Ele se enforcou e a Madison ficou só olhando... Que tipo de menina faz uma coisa dessas?", perguntou ela, solene. O sabão lilás escapuliu para dentro d'água. O chape a perturbou, mas ela prosseguiu. "Desde então, nunca mais a vi. Ouvi dizer que estava trabalhando em Tenderloin e mandei um detetive segui-la.

Pegue a caixa de latão." Eu a trouxe e ela a abriu, me entregando um pedaço de papel. "Vá até ela. Diga que estou morrendo."

"Por que não vai você?"

"Você sabe que eu nunca saio de casa."

Olhei para o endereço, depois para Pig. Embora parecesse estar esgotada, a história soava falsa. Mas senti pena dela, e seu rosto cheio de expectativa lembrava o da minha mãe; ambas tinham aquele ar de mulher abandonada na meia-idade. Quando ela se alçou da banheira, provocando um grande deslocamento d'água, entreguei-lhe a toalha.

"Detesto esse igualitarismo vago de hoje em dia, essa insistência de que não há padrões qualitativos. Julgueis e sereis julgados", disse Pig. "Para mim é assim."

Ela enrolou a toalha no cabelo feito um turbante, e eu a ajudei a vestir o penhoar. Seu rosto estava vermelho do banho. Na altura do corrimão, Pig se deteve, sentindo tontura. Ela se inclinou toda para a frente, então percebi, pela forma brusca como sua cabeça bambeou, que ela estava muito bêbada. A cabeça de Pig baixou ainda mais. Com um engulho, uma longa procissão de borgonha cintilante decorou a escadaria inteira. Erguendo a cabeça, ela disse, sonolenta: "Quero que você a encontre". Limpei sua boca e a ajudei a atravessar o corredor para chegar ao quarto.

As cortinas verdes estavam fechadas e a vela solitária parecia embaçada, feito um dente-de-leão. Era o meio da tarde, embora dentro daquele quarto sempre parecesse meia-noite. Ela apertou meu braço e perguntou se eu podia lhe trazer uma caixa de papelão que estava na estante. Dentro dela havia fotografias grandes em preto e branco, impressas em papel fino, incluindo uma do marido de Pig apoiado na porta de seu carro de corrida. Ele estava de óculos escuros e alguma coisa na rigidez de sua boca me fez pensar que Pig tinha passado maus bocados. Havia outros, uma mulher graciosa, que presumi ser irmã dele, com uma blusa de gola Peter Pan, cabelo preto preso para trás com um lenço.

"Quem é ela?", perguntei.

Pig não abriu os olhos e não respondeu.

"Você era linda", falei, envergonhada. Juntei as fotos e as passei para ela.

"Era." Ela agarrou meu pulso com força. "Você não quer acabar como eu."

Tive vontade de gritar para Pig que não havia mais tristeza no envelhecimento de uma mulher linda do que no de uma mais ou menos. Se as lindas tinham expectativas mais altas, era só por vaidade, não porque fossem pessoas melhores ou abençoadas. Além disso, não parecia possível que eu fosse acabar como Pig. Ela fincou as unhas na parte macia do meu braço e, com a dor, pensei: *Ela já foi como eu.*

Ela deve ter percebido meu olhar de reconhecimento porque me soltou, e eu fui para a janela, abrindo a cortina e segurando-a. Havia um resquício leitoso de lavanda além dos fios de alta tensão.

"Pode ir agora", disse ela baixinho. "Vou ficar bem."

Soprei a vela e fui até a porta. Pig sentou na cama, se encaixando na réstia de luz do corredor.

"Lembre, Jesse", disse ela, "não há outro anjo negro senão o amor."

3

Do lado de fora da estação de trem BART da Market Street, poças na calçada refletiam pedaços de nuvens, pombos se equilibravam na placa da Woolworth's e punks achacavam os turistas na fila do bonde. Do outro lado da rua um cinema pornô abandonado ainda exibia cartazes de mulheres de cinta-liga e sutiã push-up. A expectativa da procura conferia às ruas uma importância fremente. Quando passei pelo Golden Nugget na esquina, os beberrões levantaram a cabeça, homens e mulheres parecidos entre si, como se a birita tivesse um ideal físico andrógino.

A loja se chamava Ozymandias. Havia uma fantasia de Jesus na vitrine com direito a estigmas autocolantes e coroa de espinhos. Enquanto eu esperava para atravessar a rua, distingui Bell se deslocando em meio aos nichos cheios de truques de mágica, fazendo o movimento familiar de ajeitar o casaco por cima dos ombros caídos. O dono da loja, um homenzinho de boné incapaz de um sorriso, passou a tranca na porta depois que saíram.

Bell virou na Jones, e percebi que ele estava se dirigindo ao teatro para o teste. Eu o segui. Ele não parecia especialmente nervoso ou perturbado, embora na esquina com a Sutter tenha se detido um momento, metido as duas mãos no bolso, se recostado num muro de tijolo e se posto a olhar para o céu. Seus gestos estudados me lembravam de sonhos... de observar seu amor conversar aos sussurros com outra pessoa. Bell pousou a mão aberta sobre o próprio peito. Estaria pensando na manhã em que seu pai morreu? Em como havia despertado de uma trepada casual numa casa estranha, num bairro que não reconhecia, em como andou até o ponto de ônibus mais próximo e perguntou timidamente ao motorista como chegar em casa? Talvez estivesse pensando em como Kevin era capaz de entrar a esmo num café com um atlas debaixo do braço e pedir uma taça de vinho tinto? Em como sua nostalgia pelo amante de adolescência agora ia ser defenestrada por uma realidade heterossexual: o casamento de Kevin.

Eu o segui a uma distância segura até ele chegar ao teatro, então fui sentar na última fileira. Era um lugar pequeno, com Abadons e outros anjos sombrios sorrindo do alto de suas cornijas. O palco estava iluminado para uma sequência onírica climática, numa penumbra tal que levei um minuto para enxergar o sofá verde, a mesa de cozinha e a solitária cadeira dobrável de madeira.

Havia pessoas espalhadas pelas fileiras da frente, onde Bell já havia se sentado. De um lado, um homem mais velho de ventre protuberante segurava uma prancheta. De pé a seu lado estava uma mulher magérrima de jeans. Mantinham a cabeça abaixada, conferenciando. A mulher deu de ombros, levou a mão ao quadril e acendeu um cigarro. Uma fumaça azul surgiu acima de seu cabelo castanho e curto. O homem chamou um nome e um jovem parrudo se levantou e se dirigiu ao palco.

"Entendeu? Sua mulher está te traindo", disse ela. "E esqueça o texto. Queremos algo que tenha vida."

Ele não parecia ter idade para ser casado, e percebi pelo modo como subiu ao palco que não se sentia à vontade. Seu rosto estava contraído de seriedade. O jovem ficou sentado rigidamente no sofá, como se estivesse no salão de visitas de uma tia velha. Depois de um minuto, levantou de um pulo e começou a andar para lá e para cá.

"Vaca desgraçada." Suas palavras ecoaram. "Se eu tivesse uma arma te dava um tiro. Parece uma mainá, não pode ver uma coisa bonita que pega para você", discursou ele. Até mesmo de onde eu estava sentada se via que a cara dele estava toda vermelha. "O problema não é trepar com outra pessoa, é que você experimentou outro pau e nem me deu a chance de decidir se queria o meu ali também." Ele voltou ao sofá, se recostou nele, cruzou os braços e disse, como se falasse sozinho, mais devagar: "Deus sabe que nunca mais vou ser capaz de encostar em você".

Me comoveu sua interpretação ingênua, sua seriedade. Talvez me lembrasse do meu primeiro namorado? Eu conseguiria ser gentil com ele, como com um amante de uma noite só, porque sabia que ele não tinha a menor chance. Ele se dirigiu à mulher, que lhe deu tapinhas nas costas e conversou com ele num cochicho de comadre.

Voltei a me lembrar do porquê de eu odiar o teatro: a noção melodramática de que uma pessoa podia acordar para comer torrada ou ir ao ginecologista e perceber que havia estragado sua vida. E não gosto de me sentir responsável por seres humanos no palco. Isso me lembrava, pela emotividade confrontadora, de mendigos que te abordam na rua para contar a triste história de suas vidas, depois pedem um trocado.

Ela devia ter admitido que ele não ganharia o papel, porque ele agarrou seu capote do banco e, pisando duro, passou por mim e saiu pela porta. O homem e a mulher ficaram conversando em voz baixa até os outros candidatos começarem a resmungar. Lendo de sua prancheta, o homem chamou Bell.

"Mesma coisa", disse ele. Bell fez que sim e foi para o palco. Ele não trabalhava muito desde que eu o conhecera, de forma que era estranho ver aquela tentativa de compostura profissional. Em nossas conversas pessoais, Bell atuava em alguns momentos, num jeito de falar ou na maneira como erguia sua taça.

Observá-lo me lembrava das minhas fotografias: instantâneos de meninos sem camisa no Mission e meninas mexicanas com vestidos de primeira comunhão. Parei porque pareciam voyeurísticas. Comecei a pensar em termos de quadros isolados. Meu cérebro parecia ter ressecado, destituído do fluido necessário para ligar imagens numa confluência. Às vezes penso em voltar a fotografar porque as pessoas se tornam íntimas quando você está com uma câmera. Todo mundo tem uma expressão que pensa ser atraente ou profunda. Os rostos revelam um autoengano assustador.

Bell se sentou na cadeira à mesa estranhamente parecida com a mesa preta de casa, mantendo as mãos juntas sobre as pernas e o rosto voltado para o público. Demorei um minuto para perceber que estava fingindo. Ele deixou os ombros tombarem ligeiramente e ficou calado tanto tempo que um homem tossiu e outro deixou escapar um longo suspiro de enfado. Sem mudar de expressão, Bell falou: "Você devia ter me contado, Jesse". As luzes do palco se tornaram tão ofuscantes quanto um milhão de sóis.

"Não que eu não desconfiasse, você chegando em casa tarde apertando as pernas, com a nuca cheirando a uísque." Ele se levantou e foi até o sofá. Mesmo de onde eu estava sentada podia vê-lo arreganhando os dentes. "Mas pouco importa que esteja trepando com o Kevin desde que saiba que agora também vou fazer isso."

Ele prosseguiu, mas não ouvi mais nada. Minha cabeça estava cheia; de água torrencial, pontos quentes, asas se debatendo. Senti náusea e saí afobada. A luz da rua era brutal, de forma que entrei em uma delicatéssen marroquina, contemplando as salsichas tubulares, os pedaços quadrados de queijo, brancos como vestido de noiva. Não era por ele ter usado meu nome nem o misturado ao de Kevin, mas porque eu jamais saberia se Bell estava atuando ou não.

Madison trabalhava em um bar chamado Carmen's, aninhado entre o Fallen Angel e um restaurante chinês tipo bufê com forte iluminação. O quarteirão era constituído praticamente de vitrines tapadas com tábuas. Mas havia alguns pubs mais antigos assinalados pelo símbolo de San Francisco para bares, uma taça de martíni em neon rosa. Do outro lado da rua havia uma casa de massagem chamada China Girl. Acabei entrando no Lusty Lady, para me acalmar um pouco antes de abordar Madison.

Lá dentro, vi uma fileira de portas numeradas e discos de luz refratada do globo espelhado no saguão. Uma japonesa de salto alto substituiu meus dólares por fichas pentagonais com moças peladas em ambas as faces. A cabine fedia a produto de limpeza, e música disco martelava do outro lado da parede. Inseri uma ficha na fenda correspondente e um painel subiu devagar feito uma porta de garagem suburbana. Atrás da vitrine plástica, uma mulher de quarenta anos dançava em um recinto completamente vazio, exceto por ela. Vazio, pensei, para os homens poderem ir guardando a mulher na memória aos poucos, sem obstáculos, levando-a para casa e para a cama. À medida que a porta se abria, a primeira coisa que aparecia eram seus pés. Ela parecia imensa, com sua ossatura larga e seu cabelo desgrenhado tingido de preto, mais vulgar que sensual. Tinha um olhar entediado e desgastado que me lembrava de um animal de zoológico. A mulher na outra quina era mais jovem e magra, com cabelo joãozinho. Elas nunca falavam nada, nem olhavam para os homens que as comiam com os olhos nas cabines, enquanto balançavam as bundas e expunham as virilhas. Senti um aperto no meio das pernas. Eu queria a mulher que roçava os mamilos e alisava a vulva ou seria meu desejo induzido pela luxúria descomunal emanada pelos ocupantes das outras cabines? Saí rápido, pensando se ser desejada tão intensamente seria capaz de fazer uma mulher se sentir forte.

Descendo a rua, na vitrine do Carmen's, uma TV sobre uma coluna dórica exibia o caos horizontal da estática. Lá dentro, as paredes eram metálicas. Fragmentos refletidos de luz arroxeada deixavam a pálpebra prateada e o cabelo despontado da bartender com um ar futurista. As garçonetes usavam blusas transparentes e tinham glitter no cabelo. Dispositivos computadorizados lançavam raios de luz fraturada, feito as chamas que reluziam ao redor do sagrado coração. Luz negra iluminava os colarinhos e punhos brancos dos executivos reunidos no bar. O Carmen's não era decrépito e melancólico como o White Rose, e sim brutal e energizado feito uma sala de cirurgia. Centenas de TVs recobriam as paredes, mostrando cenas de acidentes de carro sem parar — estilhaços de vidro, um olho em pânico, sangue empoçado.

Aos poucos as pessoas iam chegando, roqueiros com anéis de caveira que moravam em prédios abandonados e homens com calça azul ainda com o cheiro azedo do dia de trabalho. Havia um ou outro skinhead de bota e jaqueta de aviador, o crânio polido emitindo um brilho maléfico. E mulheres esparsas: as que bebiam em tempo integral, de rosto conformado e sem sal, e roqueiras pálidas com batom preto e olheiras profundas. Ninguém estava à vontade, e todos se entreolhavam com desconfiança.

Pedi uma vodca, pensando nela como minha companheira, imaginando se Bell teria passado no seu teste e se as mulheres do Lusty Lady gostavam de seu trabalho. A música me distraía. A batida se compassava com a do meu coração, e as melodias eram entremeadas por sirenes e trechos de falas de políticos. Eu não conseguia ter um pensamento coerente, mas tudo bem, porque queria parar de processar as coisas. Queria tentar deixar que se acumulassem ao meu redor, me envolvendo feito um exoesqueleto.

A música mudou, de repente, para uma cítara indiana, e um tubo de ensaio de luz verde apareceu no palco elevado. Uma mulher irrompeu de baixo dele, por um alçapão, dançando languidamente até chegar à luz, experimentando-a como se fosse água, primeiro uma mão rosada, depois uma perna pálida. Era alta e magra, com cabelos loiros na altura do ombro. As tvs a miniaturizavam e multiplicavam. Por trás de sua sombria maquiagem reptiliana, havia algum resquício da moça nas fotos da casa de Pig e, o mais impressionante, da mulher que eu vira se banhando na fonte. Madison mexia o torso com fluidez, dobrando os braços em ângulos retos, feito um soldado. Seu ventre vibrava enquanto abria as pernas para o público. A luz negra deixava sua pele com uma aparência viçosa e impecável, realçando seu batom branco e os enormes olhos surrealisticamente pintados sobre o tecido de sua blusa. Ela era um delírio psicodélico.

Abri caminho até a frente do público. Achei que dançar de forma lenta e introspectiva talvez a atraísse. É a primeira coisa, pensei, fazer o que for preciso para atrair alguém. O suor foi encharcando o tecido sobre seus seios e pouco a pouco eles foram ficando visíveis, cada mamilo atravessado por uma fina argola

52

de ouro. Sua calça ficou translúcida, e eu via os caracoizinhos escuros de sua boceta. A palma das minhas mãos estava úmida, e me peguei olhando fixamente para sua barriga. Eu não sabia se eu queria tê-la ou sê-la. A música foi terminando enquanto ela sacudia os cabelos. Ela não olhou para mim nem uma vez, só foi dançando com mais energia até a música terminar com um som de bomba explodindo. Ela caiu de joelhos e jogou os braços para trás, erguendo seu torso como que em oferenda a uma língua gigante. A luz se extinguiu em meio a uma nuvem de fumaça, e ela desapareceu. A música industrial começou a tocar de novo, e a multidão se dispersou, voltando a conversar. Eu sentia uma tontura, uma desorientação, porque, em vez da piedade que previra, me sentia atraída por Madison.

Ela apareceu no bar cerca de dez minutos depois, com o batom branco reaplicado e sem a maquiagem escura nos olhos. Seu corpo emanava um cheiro bom e estava ligeiramente corado. Agora estava com um minivestido prateado sem mangas e botas go-go girl de amarrar na frente. Estar tão perto dela me dava vertigem. Observei o pulsar de sua garganta enquanto ela bebia de um longo copo de coquetel. Ela flagrou meu olhar e sorriu, pousando a bebida firmemente sobre o bar.

Por um momento, esqueci por que viera e baixei os olhos estupidamente. Suas mãos eram fofinhas como as de Pig.

"Conheço sua mãe", falei. Ela se retraiu, e percebi que deveria ter começado mais devagar, dizendo que havia gostado do seu número e perguntado seu nome.

Ela sorriu, mas, com toda a energia emocional cortada, velames negros baixaram em seus olhos e ela se voltou de novo para o bar. Demorei um momento até perceber que não ia falar comigo. Os ruídos do bar cresciam; vozes copulativas, música disco estimulante, barulho de vidro quebrando. Comprimi meu corpo de lado contra o dela, sentindo o bico do peito endurecer, mas nem assim ela se virou, então me abaixei e sussurrei: "Ela me mandou aqui".

"Você é a nova namorada dela?" Madison olhou por cima do ombro, como se algo em minha aparência física pudesse explicar o motivo da minha vinda.

"Faço compras para ela, e uns serviços de casa."

"Sei", disse Madison, sorrindo para a bartender.

"Ela é sua mãe. Quer te ver." Eu mesma não gostei do meu tom de lamento compungido.

"Ela te disse mesmo isso?"

Fiz que sim.

"Minha mãe morreu, meus dois pais morreram num acidente de avião." Ela falou de forma tão inexpressiva que ficava impossível saber se era verdade.

Meus olhos marejaram, não porque eu sentisse pena de Madison, ou porque ela estivesse sendo cruel brincando comigo, mas porque me pareceu que os fatos que tomei como certos eram mentira. Me senti constrangida, burra, lágrimas caíram, e vi que Madison percebeu e pegou algo em sua bolsa prateada.

"Vá ao meu apartamento", disse ela rapidamente. "Aqui está a chave. Mais tarde você me conta o que há com a Pig." Ela arrumou uma caneta e anotou o endereço num guardanapo do bar.

O apartamento dela ficava no terceiro andar de um prédio da Mason Street. A porta encardida, remendada com um pedaço de madeira crua. Bati à porta. Nenhuma resposta audível, só o suave deslizar dos carros da janela frontal. A porta vizinha à da Madison se abriu e dela saiu uma gorda de calça de moletom e cabelo preso com toda a força para trás. Ela tinha cheiro de iogurte, e seu rosto poderia até ser bonito se não fosse tão rechonchudo.

"Ela quase nunca está", disse a mulher. "Se quer entrar, posso passar o endereço do trabalho dela."

Por cima do seu ombro vi o interior da casa, com pôsteres de lutadores e jogadores de futebol americano, na maioria negros. "Já estive aqui", falei. "Sou amiga dela e vou passar a noite." Ela se aproximou de supetão. "Que lugar decrépito, não é?" Ela parecia animada. "Madison faz striptease, né? Não que eu me importe, vou mudar em breve. Quero distância dessa merda de aids."

Quando tentei responder, a mulher franziu a testa, pois já tinha decidido o que ia dizer em seguida. Incomodada, olhei para o ponto onde a barrigona e a virilha da mulher se encontravam num T. Era daquele jeito que ela tinha emoção na vida, pensei; tentar chocar as pessoas lhe dava intimidade com elas. Ela me olhava com dureza, decidindo que eu deveria ser convertida, que eu era uma pessoa carnal e sem coração. Pelo modo como hesitou, compreendi também que era solitária, que esperava que fôssemos conversar um tempão. O suor brotava em seu lábio superior, rebrilhava em sua testa. Senti um asco instintivo daquela mulher, e a repulsa deve ter passado pelo meu rosto, porque ela encolheu o queixo feito uma criança intimidada, depois disse "Então tchau", recuou para a floresta de homens-pôster e bateu a porta.

Entrei no apartamento de Madison. O lustre no teto, o abajur junto à cama e a lâmpada da geladeira estavam todos queimados, de forma que abri a cortina e deixei a luz da rua iluminar o lugar. Chamar o apartamento de dilapidado seria injusto. O emboço caindo aos pedaços mais parecia uma pintura abstrata do que pura e simples decadência, e o piso de madeira estava lustroso de tão gasto. A cama tinha sido arrumada, com um cobertor de lã áspera do Exército, e sobre ela havia uma pintura cubista que lembrava canivetes. Um baiacu suspenso do teto girava lentamente em seu fio, primeiro para um lado e depois para o outro. A única mobília era uma mesa de cabeceira perto da cama e um baú junto à janela.

Sentei na cama e fiquei ouvindo os ruídos da rua e os rangidos dos canos do prédio. Será que Madison viria e Pig falara a verdade? Tentei pensar nelas como mãe e filha, mas, quanto mais as empurrava para aquele cenário, menos provável parecia que já tivessem pertencido a uma mesma família. Mas é difícil pensar em mim numa família. E eu, assim como todo mundo que conheço, me considerava, desde criança, diferente, alheia, fora de sincronia.

A vizinha gorda passava o aspirador de pó, e isso me lembrou intensamente do aborto que eu fizera na faculdade. O sugar do aspirador, o cheiro forte de sangue e como depois passei dias no quarto com as cortinas fechadas e as luzes apagadas. Me sentia completamente vazia, como se estivesse de pé no meu antigo quarto depois que a última caixa já foi levada. Me lembro de ter saído de camisola e sentado num banco ensolarado. Nada que acontecera antes daquele momento parecia realidade. Era como se eu tivesse despertado não apenas depois de três dias, mas de uma vida inteira adormecida.

Projeções de luzes farpadas estampavam as paredes. Fiquei deitada ouvindo saltos estalando em pisos e homens gritando com outros homens. Eu estava com sono, e meus pensamentos começaram a se fragmentar. Me lembrei da minha mãe com a camisola especial verde-clara que sempre usava quando meu pai voltava de viagens a trabalho. A camisola cresceu e cresceu na minha imaginação, até preencher todos os cantos do universo, e então adormeci.

Quando acordei estava escuro. As cortinas tinham sido fechadas, e demorei um minuto até processar os parâmetros do cômodo e me lembrar de onde estava. Então a cama mexeu —

tinha alguém do meu lado. Me alarmei. Primeiro, meu instinto foi pensar que era Bell, depois a lógica me disse que devia ser Madison, mas eu sabia, por certo odor almiscarado, que era um homem desconhecido.

Eu estava de costas para ele, mas perto o bastante para sentir seu hálito quente na nuca. Tentei me acalmar, pensando que devia ter achado que eu era a Madison e, quando percebesse que eu não era, pediria desculpas e iria embora. Havia uma estranha familiaridade ali, porque eu já tivera aquela fantasia mil vezes — estar num quarto estranho com um desconhecido, nunca vendo seu rosto, porque ele me pegava por trás. A sensação era como a de um cubo de gelo derretendo em um copo de uísque. O homem enfiou a mão no meio das minhas pernas e, antes que eu pudesse reagir, ondulou os dedos, enquanto metia a outra mão embaixo da minha blusa. Me afastei um pouco e fiz um murmúrio em negativa, mas ele me puxou de volta. Seus dedos eram calejados, e eu os sentia passar por dentro do sutiã, aninhando a curva do peito. Com o indicador, ele roçou o bico até enrijecer. Abriu minha calça, deixando o calor de seus dedos fluir pela parte baixa do meu ventre. Eu estava encharcada, a umidade escorrendo até minha bunda.

De súbito, o homem desabotoou a calça e seu pau duro saltou, batendo na minha coluna. Ele o esfregou no meu rego. Abrindo os dedos sobre meus seios, fez pressão para trás, me forçando a arquear o corpo, permitindo que lambesse meu pescoço e meus ombros. Então baixou as mãos até meu quadril, aprumou-o e me penetrou com a maior facilidade. Por um momento ele não se mexeu, e eu ouvi passos nas escadas; demorou o bastante para que eu cedesse à lógica, pensando: *o que está acontecendo?*; pensando: *se entregue.*

Ele começou a se mover, num vaivém circular. Um alarme de carro gemia e um homem tossiu do outro lado da parede.

Tentei me desvencilhar, mas ele segurou meus quadris e os puxou de volta com força. Tentei de novo, sentindo a ponta do pau mal apoiada no lábio exterior da minha boceta antes que ele me puxasse de volta, ofegante. Senti seu pau se estirar e então o arco de sêmen, me senti tonta e assustada, fiquei de pé, enfiei o jeans e corri para a porta. O desconhecido fazia suaves ruídos desorientados. A cama rangeu. Ele sentou na cama e disse: "Fica mais". Olhei para trás um segundo, a luz incidindo em suas pernas nuas espraiadas e lhes dando uma aparência mirrada e esquisita sobre o cobertor áspero.

A trilha estreita da minha vida sofria mudanças violentas, feito uma enchente destroçando as margens de um rio. Eu suspeitava que tinha deixado o desconhecido me comer porque estava tentando me dar mal de propósito, incentivar a confusão e a desdita, de forma que não tivesse impulsos de fazer pose nem de mentir. Achava que sabia o que era melhor para mim, mas, por algum motivo, por causa de certa falsidade muito bem praticada, uma espécie de programação convencional ridícula, eu era incapaz de fazê-lo. Mas será que estava certa em sabotar minha vida num esforço para corrigi-la?

Não importava, porque não tinha funcionado. A primeira coisa que decidi foi mentir para o Bell. Nem tanto porque sempre pensei que mentiria, mas porque guardar o segredo me daria força. Eu costumava mentir muito até conhecê-lo, mas ele mentia melhor e com mais frequência. Ao mentir você assume o papel ou de autopromotor ou de covarde. Eu era do último tipo, mas ter um segredo potencialmente danoso me daria poder. A mentira se parece com a violência em sua excitação momentânea.

Por que mentir? Não seria um alívio ele sair para a rua pisando duro? Mas eu nem conhecia o homem. Ele tinha tanto significado para mim quanto um rato, e fingir que ele tinha significado seria uma mentira maior do que não contar. Além disso, me lembrei do teste de elenco do Bell, sua ameaça ao sofá, de que ia me torturar com suas próprias infidelidades.

A portaria do prédio estava dolorosamente iluminada e as escadas cheiravam a alguma carne desconhecida. Girei a chave em silêncio e ouvi na mesma hora a respiração uniforme de Bell. Embora eu soubesse que dormia, ainda me senti estranha tirando a roupa, como se ele estivesse subconscientemente procurando chupões e pelos molhados no meio das minhas pernas. Entrei embaixo do cobertor. *Nenhum homem pode te salvar de você mesma.* Senti uma onda de remorso pelo que fizera. Talvez tivesse superdimensionado nossos problemas? Bell me amava e fora uma desatinada vontade de vingança sexual que me levara aos braços daquele desconhecido. Deixei o tráfego me embalar, contemplei vários aviões a caminho da travessia do Pacífico e pensei que daquele momento em diante as coisas entre nós dois melhorariam muito.

Mas aí ele se mexeu, me puxou para perto, pôs a mão entre minhas pernas e sussurrou: "Como você está molhada". Pensar em transar com Bell em tal proximidade com o desconhecido era aterrorizante, então tirei sua mão e falei: "Não estou a fim". Era tão raro eu recusar que ele persistiu, colocando a mão de volta na minha boceta, esfregando as cadeiras e o pau na minha bunda, dizendo no meu ouvido: "O que adoro na gente é que somos feito deuses". Ele deslizou um dedo para dentro da minha boceta. Fiquei com tesão, a pele da minha nuca ficou dormente e fiz pressão contra sua mão. Bell puxou minha pelve para trás e meteu com um ruído líquido. Apertava meus quadris com as mãos. Foi ficando ofegante, beijando minha nuca, dizendo que minha boceta era apertada, que queria gozar gostoso nela, que ia gozar na minha cara. Naquela penumbra mucosa, tudo o que eu conseguia distinguir eram o crânio canino no peitoril e os avisos de saída de emergência vermelhos através das janelas dos corredores do Hotel Huntington. Pensei no desconhecido, em seu cheiro de carvão, em seu pau grosso.

"Tá gostando?", sussurrei. "Fiz igual com um cara que nem conhecia." Empinei o quadril para trás, pensando nos dois me comendo ao mesmo tempo. Quando Bell gozou, me estremeceu com uma sensação liquefeita, de mel penetrando nos alvéolos. Ficamos ali deitados até seu pau amolecer e deslizar devagar para fora. Meus ouvidos zuniam e, para me impedir de ficar enjoada, procurei estrelas no céu azul da meia-noite sobre os luminosos do hotel.

Bell dormia feito pedra. Eu não conseguia achar posição e não sabia se havia pegado no sono ou não quando vi um homem em nosso quarto. Me sobressaltei. Era o amiguinho de Bell do Black Rose. A iluminação da rua realçava o vermelho e o rosa de sua boca aberta, ele fisgou meu olhar feito um anzol, levando os dedos à boca. "Shhh", fez ele, "vai acordar o Bell. Venha me ver lá embaixo." Ele ficou de pé, dobrou o casaco sobre o braço e foi depressa para a porta.

Assim que a porta se fechou, Bell abriu um olho sonolento e rolou para o outro lado do futon. Eu não queria que ele acordasse nem interferisse. Fiquei de pé, enfiei o jeans, obriguei os pés a entrarem nos tênis de cano alto e abotoei o casaco sobre a pele nua. Encontrei o homenzinho sentado nos degraus do nosso prédio. Ele soltou fumaça na direção do sebo do outro lado da rua e olhou para cima, para mim. "Bom." Ele ficou de pé, desajeitado. "Você está brava por eu ter ficado?"

Precisei me lembrar de não descontar minha raiva no homenzinho: o filho da puta era Bell. Por que é que ele tinha procurado sexo comigo com aquele duende dentro do quarto? Será que se excitava com um desconhecido por perto? Será que aquele carinha tinha se masturbado enquanto trepávamos, esfregando o pinto e esperando até nos ouvir ofegar para gozarmos todos juntos?

"Agora estou me sentindo estragada e idiota demais para conversar", falei. Ele assentiu melancolicamente, entendendo que algo grave havia acontecido. Luz cor de melão banhava os prédios enquanto o relógio digital do banco do outro lado da rua marcava as horas. Eu tinha impressão de que havia um grão de poeira no meu coração. Irracionalmente, senti vontade de me confessar para o homenzinho. "Não me importa você estar presente enquanto a gente trepava. Faz uma hora que trepei com alguém que nem conheço." Só a ideia de contar a verdade me deixou com a cara vermelha, e pressionei a mão contra o cabelo.

"Vamos sentar", disse ele, "ali, naqueles degraus." Fomos para o degrau mais baixo de uma casa vitoriana. Ele pegou minha mão e a levou a suas pernas. Era como segurar a mão fresquinha de uma criança. Ficamos calados. Ele falou com uma voz grave, que soava estranha vinda de seu corpo minúsculo. "Quero falar de você. Você vem de um subúrbio privilegiado. É uma boa menina, não que nunca tenha feito nada de mal. Já mentiu para parecer mais interessante, complexa, e funcionou, especialmente com esse seu charme nato. Você ainda pensa naquele casarão vagabundo, no quarto com mobília branca e no shopping que frequentava aos domingos para olhar discos em promoção, beber Orange Julius e comprar brincos de plástico no Kmart. Quer ser diferente, não só dos seus vizinhos de subúrbio, mas de todo mundo. Não que seja megalomania, você só precisa sentir que é especial para acreditar que é amada."

Comecei a abrir a boca, mesmo sem ter ideia do que dizer. Mas o duende levantou a mão. "Me deixa terminar… Seus pais são separados. Com uma menina você sabe pelos olhos, meninos têm outros jeitos de demonstrar." Minha mente se alienou da voz do duende. Pensei em como era estranho meus pais serem separados. Num dia, eu tinha dois pais rabugentos em uma casa que abrigava os arquivos da família, e no outro, meu pai tinha casado com uma mulher mais nova e se unido com entusiasmo à família dela. E minha mãe estava tão amarga e furiosa em seu pequeno condomínio de divorciada que era quase impossível interagir comigo de forma civilizada. O homenzinho ainda falava.

"Seu pai traiu sua mãe antes de largá-la. Isso fez com que você achasse difícil confiar nos homens. Mas você também desconfia que sua mãe minou o amor do seu pai com suspeitas e debochates. Notou essa tendência em si mesma, e isso te assusta."

A sensação era de que eu estava rachando ao meio, com sangue vazando das artérias, veias expostas serpenteando feito fios elétricos rompidos. "Se você é tão bom nisso", falei, "e quanto ao Bell?"

Ele ficou com raiva de eu não me admirar mais de suas previsões mágicas de duende. Duende imbecil. Tivesse adivinhado ou não, eu nunca ia deixar de achar que tinha ouvido tudo do Bell. De repente tive uma visão de Bell na cama, sua pele quente e macia sob os cobertores, sua cabeça cheia de sonhos eróticos azulados. Olhei para o homenzinho ainda falando e pensei: *O que ele está dizendo não tem nada a ver comigo.*

Fiquei de pé de repente. Ele também, de cara amarrada. Ele estava prestes a ter um ataque de birra, bem como um duende. De fato, bateu o pezinho e disse: "Você nunca vai ser feliz se não aprender a perdoar". Seus músculos do pescoço estavam tesos e seus minúsculos punhos, fechados ao lado do corpo, como se, sem absoluto controle, fossem desferir socos. *Feito uma esposa*, eu pensei, e dei meia-volta, descendo rápido a ladeira. Ele segurou meu braço, sussurrando que eu era uma besta de odiar pessoas que eram obviamente de certo jeito ou de outro, e que não escolhendo ser algo por inteiro eu ia acabar mal. "Cuidado, hein?", disse ele, quando finalmente me desvencilhei. "Não vai virar uma maria-purpurina." A imagem foi como um soco bem no meio do meu peito. As que eu conhecia tinham cabelos dramáticos, usavam roupas caras de alfaiataria e maquiagem elaborada. Contavam histórias autodepreciativas em voz estridente, depois davam risadas bêbadas, estivessem ou não sob efeito de álcool. Pareciam desesperadas e imbecis, sofrendo abuso consensual de seus amigos gays.

Eu não queria voltar para o apartamento, então caminhei algumas quadras até chegar à Nob Hill. As ruas estavam cheias de carros e pessoas saindo dos prédios, indo apressadas para o trabalho. Vi um casal limpo e bonito de mãos dadas. Passei perto o suficiente para sentir a fragrância do cabelo dela e da loção pós-barba dele. Conversavam em uma espécie de código íntimo, e pensei em lhes perguntar se podiam me levar para casa. Eu os segui até se beijarem na esquina da Columbus com a Grant e partirem cada um para um lado.

4

A casa de Pig era escura e úmida, a única luz proveniente dos vinte retratos de Madison que forravam as paredes do saguão. Dramaticamente alumiados, cada um tinha sua própria minúscula luminária de latão. De perto se via a idealização angelical ao redor dos lábios e as cores das pálpebras, em laranja e azul berrantes, medonhos em contraste com a redondez de bebê do rosto de Madison. Em um dos olhos infantis arregalados via-se até mesmo uma figura protuberante que parecia ser Pig. De início eu pensara que tivessem sido feitos por um profissional, mas agora estava claro que a própria Pig os havia desenhado. Ouvi um gemido, olhei para o alto da escada e vi a mão balofa de Pig abanando estendida por entre as ripas do corrimão.

"Estou virada que nem barata", gritou Pig. As unhas vermelhas se estiraram e distingui, esmagados contra o corrimão, uma mecha de cabelo e parte do seu couro cabeludo turvo. A madeira sob seus dedos estava manchada de vermelho e um gotejar contínuo formava uma poça escura próxima ao meu lugar no carpete. Estendendo a mão no alto, aparei uma gota na palma, com perfume de vinho tinto.

"Pelo amor de Deus, Jesse, corre aqui!", gritou Pig. Corri escada acima e a encontrei lá deitada. Seu quimono estava desajeitadamente repuxado de um lado, molhado de vinho e de urina. Uma veia esverdeada pulsava em sua testa pálida e o batom ressecara nas rachaduras ao redor da boca. Ela agarrou meu braço e tentou se alçar um pouco. Eu decidira ser firme com Pig, dar-lhe uma bronca por ter mentido, não fornecer nenhuma informação até eu ter algo parecido com a verdade. Mas, ao vê-la, fiquei de coração mole, com seus dedos gorduchos enrodilhados no meu antebraço, sua bochecha contra meu ombro, ela ronronando de leve, feliz como uma criança em me ver. Além disso, eu me sentia pulverizada pela noite anterior. Ser decidida, percebi, dependia de distância.

Alcei seu corpo pela cintura, ela ficou dependurada para os lados feito um saco de farinha, a cabeça mole como a de uma boneca de pano. Pig fez força para arquear as costas, para apoiar uma mão no corrimão, para se estabilizar, mas suas pernas se dobraram e ela desabou de bunda feito um monturo no chão. "Nunca mais vou levantar", disse ela sem fôlego, "e que sujeira que eu fiz." Ela escondeu o rosto entre as mãos, partindo seus cabelos, as raízes grisalhas dando impressão de que Pig tinha envelhecido da noite para o dia. Me agachei, envolvi seus ombros com o braço, me apoiei no corrimão e fiz força para cima. Assim, Pig podia colocar primeiro um pé nu e roliço sob o corpo, depois outro. Ela foi subindo devagar, soltando um longo gemido. Ao chegar no nível dos meus olhos, Pig olhou na minha cara, tentando descobrir se eu havia encontrado Madison. "Foi até bom eu ter caído", disse Pig, resfolegando. "Mais um pouco e eu acharia que estava tudo sob meu controle; se escolhesse chá de hortelã em vez do de limão, um carro ia capotar na rodovia."

De pé, ela parecia forte, mas, conforme fomos andando para o quarto, a cabeça de Pig foi afundando junto à minha. Suas unhas pintadas se arrastavam pelo carpete. Do umbral, ela se atirou à cama como se fosse a última pedra antes da cachoeira. Escorei sua cabeça com as almofadas de estampa indiana e abri as cortinas para que ela não ficasse desorientada. A luz rebrilhou na cabeceira alta de cerejeira, realçando os dourados da moldura vazia sobre a cama. Pig nunca quisera me contar que quadro houvera naquela moldura nem por que o havia retirado.

"Foi horrível", disse ela. "Caí, tentei me levantar várias vezes, depois desisti e fiquei lá no escuro... Volta e meia ouvia um cachorro latir ou um avião passar. Parecia que eu era um cargueiro afundando enquanto lá no alto do deque eu me via jovenzinha, acenando com um lenço amarelo."

Eu a fiz sentar na cama para poder retirar aquele penhoar rançoso. O corpo de Pig emanava um cheiro levedado de massa de pão. Era esquisito vê-la; agora que eu suspeitava que ela não era mãe, seu corpo inflado parecia ainda mais embaraçoso. Desci o corredor até o banheiro e molhei uma toalha com água morna. Não importa quanto as pessoas estejam vulneráveis, quão frágil seja a estrutura delirante de suas vidas, elas continuam a viver. As pessoas morrem de falência hepática, ataques cardíacos e tiros, mas não de solidão, vaidade ou confusão mental — foi essa revelação óbvia que me espantou e me pareceu incrível. A água tinha esquentado tanto que embaçara o espelho e deixara minhas mãos dormentes. Torci a toalha por suas extremidades menos quentes e a levei para o quarto. Os olhos de Pig haviam marejado de alívio, e permiti que ela limpasse o rosto primeiro, para depois pegar a toalha pesada e friccionar com cuidado a cova de sua axila. Os pelos estavam compridos e pisados feito relva. "Sabe, ontem fiquei pensando em você e no Bell", disse Pig, sossegando. "Lembrei que conheci um homem que tinha tendências homossexuais mas virou hétero. Ele se chamava Neal. Era cozinheiro, trabalhava no turno do café da manhã, depois passava a tarde toda catando homens na praia." Pig fez uma pausa, saboreando a imagem de homens nus enrodilhados em dunas escondidas. "De repente, ele entrou para uma religião, resolveu que precisava de esposa, uma com filhos, acho que meninos." O rosto de Pig se animou conforme revivia os detalhes em sua memória: cheiros, texturas, tons. Eu sabia como uma lembrança podia se desenrolar feito um novelo.

"A parte estranha é que, quando Neal casou, seu ex-namorado foi morar com a mãe de Neal. Ele fazia serviços para ela, como plantar tomates e consertar a porta. Da última vez fiquei sabendo que estava de enfermeiro, porque ela teve câncer, leucemia, um negócio assim."

Suas coxas estavam manchadas de vinho. Abri a toalha para expor o meio, mais quente. A pele seca absorveu agradecida a umidade. Pig me pediu para pegar seu penhoar pendurado junto ao closet. Era uma coisa sedosa, com estampa de abrunheiros e borboletas rosa. Ela fungou, se inclinando para que eu o colocasse sobre seus ombros.

"Também me lembro de outro momento, quando eu estava com um amigo da minha mãe. Naquela altura meu pai já tinha ido embora de vez, então tenho certeza de que era o namorado dela, mas não se falava nisso naquela época. Ele me levou a um lago para nadar e torci o tornozelo, mas não contei para ele. Por algum motivo, tive vergonha de dizer. Quando voltamos, ele foi andando na frente, e eu tinha que ir devagar, me apoiando no carro. Por que essa minha vergonha?", perguntou Pig. "Não acha estranho?"

"Talvez outra coisa tenha acontecido, de que você não se lembra?"

"Não", disse Pig. "O problema foi eu ter me machucado sozinha. Acho que se alguém tivesse me agredido ou se eu tivesse caído teria sido diferente."

Fiz que sim. Dor autoinfligida nunca gera muita simpatia. Você a guarda para si. Ela agarrou minha mão com sua mão suada. Senti sua pulsação rápida contra minha palma.

"Você acha que o contrário da morte é o amor ou o sexo?", perguntou Pig.

"Meu pai diria que é a religião."

"Ah", disse Pig, não muito interessada. "Sempre penso naquela história de Jesus ter transformado água em vinho."

A toalha esfriara, e fui ao corredor colocá-la no cesto e pegar água da torneira do banheiro para Pig. Ela aceitou o copo agradecida.

"Tive uma visão, Jesse, mas não deveria contar porque você vai me achar doida." Ela hesitou um momento, o suficiente para eu perceber a forma dramática como adejou a cabeça e como sua atuação deu uma guinada para o coquetismo. "Vi Madison com um bando de homens se esfregando nela."

Fechei a cara. Era um sonho inventado, os detalhes apurados demais, o significado óbvio — ela estava tentando me induzir a falar de Madison. Fiquei pensando se tudo o que ela dissera antes fora uma estratégia para me amolecer, me deixar no ponto para o interrogatório a seguir. Meu desconforto era evidente, e a testa de Pig se franziu.

"Por que essa negatividade toda? Não faz nada bem pra você", disse ela. "Você encontrou ela ou não?"

Se eu olhasse bem nos olhos dela conseguiria descobrir se estava mentindo, mas aquilo pareceu cruel, de forma que fui para a janela olhar os homens de roupa laranja trabalhando nos trilhos do trem BART.

"Fale", disse Pig, amuada. "Preciso saber."

Virei para ela. "Ela disse que você não é mãe dela."

Pig ficou espantada. "Eu fui mãe dela!", disse, com voz aguda.

"Foi?", perguntei, indo até ela para olhar de cima seu rosto apreensivo, todos os traços num único plano, como se ela tivesse derretido.

Seus olhos foram ficando arregalados e úmidos, enquanto ela retorcia no dedo a aliança de casamento e um anel com uma grande obsidiana.

"Bem, na verdade eu não a tive."

"Ela é adotada?", perguntei.

"Mais ou menos", disse ela. Seus olhos estavam sem foco, tentando decidir o que me contar.

"E seu marido?"

Pig abanou a mão. "Ele já tinha se mandado há muito tempo nessa época." Ela deu de ombros. "Não, acho que ele teria ciúme, de qualquer forma."

"Quer dizer que você me fez ir atrás da sua namorada?" Eu estava com raiva de Pig por ter mentido para mim.

"Ela era mais minha filha do que namorada." Pig estava ficando corada, a complexidade emocional de seu relacionamento com Madison era indescritível até para ela mesma.

"Me conte o que aconteceu", pedi.

Seus olhos marejaram. "Não foi como te falei." Ela se remexeu e a cama oscilou. "Eu a via sempre rondando aquele prédio abandonado no fim do quarteirão, com meninos skatistas mexicanos e uma ou outra menina branca e magrela. Ela comia o que catava do lixo, vivia doidona, dormia com todo mundo. O cabelo dela estava pintado de loiro, com um dedo de raiz escura aparecendo. Ela andava com um sujeito que parecia muito ruim. Uma vez, os dois estavam fumando maconha na minha varanda e ele gritou que eu devia cuidar da minha vida, me chamou de enxerida. Eu não estava nem aí para os problemas deles com drogas, era Madison que me fascinava. Um dia dei para ela um sanduíche embrulhado em plástico-filme da minha sacola do mercado, depois umas maçãs, umas bananinhas da Costa Rica, uma vez até um presunto inteiro. De forma que ela sempre me procurasse. Até que um dia, um domingo, ela tocou minha campainha e perguntou se eu precisava de faxina. Ela tinha queimaduras de cigarro nas mãos e lhe faltava um naco de cabelo, sua pele estava em carne viva, rosada feito salmão."

Pig sorriu, mas recobrou a compostura e me olhou para ver se a história tinha me comovido. Agora era difícil de acreditar em qualquer coisa que Pig dissesse.

"Ela pareceu curiosa para saber de mim?"

"Ela não quer te ver", falei.

Estreitando os olhos, Pig contraiu todos os seus traços frouxos na direção do mesmo ponto desconfiado. "E você, ela quer ver?"

Pig aguardava a resposta. Talvez Madison quisesse, embora eu não tivesse qualquer prova daquilo. Além do mais, eu não sentia que lhe devia nenhuma explicação. Eu estava desiludida com Pig por ela ter mentido, por ter me usado, e porque agora parecia tão patética. Era mentirosa e covarde, tão medrosa que estava tentando transformar sua falsa conexão com Madison em rede de segurança.

"Sei que você vai atrás dela", disse Pig. "A Madison sabe se imiscuir na cabeça das pessoas." Seus olhos passeavam pelo quarto, como se as cortinas ou a escova de cabelo pudessem lhe ajudar em alguma coisa.

Fui até a porta, abatida, me concentrando na abertura para o corredor e no ponto mais escuro escada abaixo.

"Não vem, não!", gritou Pig de sua cama. "Você não sabe como foi!"

* * *

Do fim do quarteirão, vi o homenzinho deixando nosso prédio. Ele baixou a cabeça, olhando cuidadosamente ao redor, nem um pouco discreto com aquele cabelo ruivo. Eu queria ser invisível, segui-lo até seu apartamento, ouvir seu namorado gritar com ele sobre a louça suja e sobre por onde andara a noite toda. O que havia dito para Bell? Teriam ficado rememorando suas infâncias idílicas, teriam trepado no chão? Teriam dado risada da noite passada e falado mal de mim...? "Bell", teria dito ele, "mulher só ama uma coisa: a posse."

No vão da escada, um fedor de pizza e urina emanava da boca da lixeira do prédio. A maçaneta estava estranhamente morna, como se o homenzinho tivesse se demorado com a mão apoiada do lado de fora do apartamento. Usei minha chave, com cuidado para não tilintar o chaveiro... se pegasse Bell em posição meditativa, talvez conseguisse extrair algo dele. Mas lá estava ele em modo público, se barbeando na pia. O banheiro cheirava a sabonete de limão e cigarros. Observei-o volteando a cabeça, procurando resquícios ásperos de barba, pontos ainda com espuma. Ele me lembrava do meu pai. Ter que fazer barba foi uma das coisas que me convenceram de que meu pai era mais importante do que minha mãe. Me dava uma sensação de segurança ver meu pai fazer a barba, aquele ato singelo de algum modo contendo o caos e me guardando do mal. A pele rósea e lisa de Bell parecia excitada pela lâmina, e os pontos de sangue no pescoço dele me lembraram dos frutinhos do sumagre venenoso.

Será que o homenzinho o irritara? Será que Bell lhe contara do seu pai, da sua solidão absurda no final — tão desesperado que adquirira o hábito de ouvir telefonemas gravados sem parar só para ouvir alguma voz cordial? Tentei ver se a mão de Bell tremia, se seus olhos estavam distantes.

"O que foi que ele te disse?", perguntei.

Bell me encarou pelo espelho, abanou a mão musicalmente. "Que vou acabar mal numa quitinete com uma lâmpada pendurada num fio, ouvindo 'Tracks of My Tears'."

"Isso parece ideia sua."

"Ele é igual a todo mundo, só diz o que querem ouvir."

"Por que não me contou que ele estava aqui ontem à noite?" Tentei reviver alguma empatia pensando no que eu havia feito com o sujeito desconhecido, mas não deu certo. Eu queria fazer Bell admitir que tinha motivações perversas para deixar o homenzinho ficar, que esses motivos tinham a ver com seu interesse por garotos. Será que a motivação de Bell tinha sido ciúme? Ele sabia que eu estivera com um desconhecido, embora ainda não soubesse que sabia.

Ele deu um sorriso sem graça, recostando-se na pia. "Porque estou infeliz." Ele disse isso com tanta calma, como se fosse "Hoje vi um cachorrinho lindo", que me assustou.

"Com o quê?", perguntei, mesmo sabendo que não teria resposta. Seus olhos fugiram de mim e ele sentou à mesa, onde ficou brincando com uma colher que restara ali depois do café da manhã. Será que estava pensando em como Kevin ficaria de smoking? Em como ia se sentir junto da noiva? Bell baixou a cabeça. Era Kevin, sim.

"Às vezes ouço um leve barulho de sino tilintando e sempre demoro um minuto inteiro para perceber que é meu coração."

"Acho que você deve se mudar", falei. Sua melancolia adolescente incessante me dava náusea.

"Por causa dele?" Ele levantou os olhos.

"Porque não posso confiar em você. Só fica sonhando com antigos amantes."

Seus traços se suavizaram, ele me olhou como se tivesse havido um mal-entendido. "Kevin e meu passado", disse ele devagar, como se falasse com uma criança, "não são ameaça para você."

"Não me sinto segura com você", falei. Bell tinha começado a me parecer mais um irmão do que um namorado.

Ele ficou de pé, foi até mim e segurou meu ombro. "Mal consigo cuidar de mim mesmo", falou. Quando viu que minha expressão não mudou, recuou e sacudiu a cabeça. "Vamos falar a verdade: seu reloginho tocou, escandaloso feito alarme de carro, e de repente você só quer é um casarão no campo e um monte de filhos."

"Você sabe que não é isso. Fala pra mim", eu disse vagarosamente, porque estava com raiva e não queria atropelar as palavras, "se não sou a última coisa que resta entre você e a vida totalmente homossexual que você teme."

"Não acredito que você disse isso!" Ele passou por mim raspando e entrou no banheiro, trancando a porta em seguida.

Fiquei perfeitamente imóvel, ouvindo Bell deixar a água da pia correr. Eu sabia que ele estava deixando água fria escorrer pelos pulsos, convicto de que isso o acalmava. Fui à cozinha e peguei uma sacola de compras embaixo do balcão, vislumbrando o vasilhame metálico de Ajax, a ratoeira ainda armada com um pedaço de brie velho e o vaso de plantas cheio de granito branco que Bell usara para florescer bulbos de narciso à força no inverno passado. A luz matinal de repente parecia forte, e o papel estalou alto enquanto eu guardava a roupa íntima tirada da caixa de sapato no alto do meu closet. Peguei camisetas e um suéter. Fui até o canto onde ficava a mesinha de tampo de mármore onde eu deixava minhas chaves, ouvindo a inquietude de Bell por trás da porta do banheiro.

"Estou desmoronando", disse ele, "e ninguém liga."

Até o amor tem seus limites, pensei, e não consegui acreditar que isso nunca tivesse ocorrido a ele. Será que não tinha aprendido nada com seus pais? Amantes? Até mesmo amigos? Era preciso agir de certo modo para ser amado. Ouvi-o se mover e a água parar. Encostando meus lábios na tinta fria da porta, sussurei: "Você não pode viver duas vidas, Bell. Vai estragar tudo e vamos ficar os dois sem nada".

Acendi várias velas na Grace Cathedral. Uma para Bell, uma para minha mãe, meu pai, sua esposa e seus filhos, uma para Madison, uma para Pig, uma para mim mesma quando pequena. Depois acendi mais algumas para abstrações: coragem, honestidade, sanidade e bondade. As chamas subiam dos copos de vidro dourados. Esvaziei os bolsos, deixando as moedas baterem na caixinha de lata. Pensei em todos os outros locais onde velas queimavam, em templos hindus, em pequenos nichos chineses, nos jardins formais japoneses, em igrejas satânicas nas montanhas da Califórnia. Pensei em incêndios em prédios, quando os mortos são dispostos na calçada, e na coroa azul de gás do fogão de Bell.

Me ajoelhei em uma capela lateral, a mais luxuosa, com uma passadeira roxa, rosáceas e um crucifixo em tamanho real. Havia incenso e um enorme vaso com rosas e violetas. As paredes de pedra tinham tapeçarias drapejadas com cenas bíblicas: a ressurreição de Lázaro e Raquel no poço. O Jesus triste parecia Bell, embora tivesse uma sabedoria ao redor dos olhos que eu atribuía ao meu pai. Talvez porque ele fosse pastor e, tal qual cães com seus donos, tivessem começado a se parecer um com o outro.

Meus joelhos se amassaram na almofada borgonha. Levantei o olhar para as imagens de santos. Algumas das expressões das mulheres, de submissão extática, me lembravam dos rostos de anúncios de filmes pornô. Me lembrei da história de uma santa, virgem, que cortou fora os seios para não sucumbir a um estuprador. Me obriguei a pensar: *Deus está morto*, mas pareceu perigoso. Então pensei: *Minha boceta é da mesma cor que este tapete.* Isso de alguma forma me confortou. Relaxei um pouco, vi como a luz sépia da janela iluminava o rosto de Jesus. Sabia que era reconfortante ter alguém por perto que soubesse tudo de ruim que lhe acontecera, as coisas horríveis do seu passado... como um amante ou amigo próximo, e sabia que era a função e o lugar de Jesus. Abri o cordão e fui até o altar. Fitei os olhos erguidos de Jesus, pressionei meus quadris contra a pelve dele de forma que se esfregassem na virilha de tecido esculpido. Senti aquele aperto. Beijei sua testa, seus olhos alteados, sua boca aberta. Minha língua adejava entre seus lábios entreabertos, eu me apertava contra ele e a cruz balançava. Lá dentro, minha língua roçava a aspereza da madeira sem verniz. Senti gosto de sangue e pulei para trás, vendo, feito numa momentânea conjunção astral, como tudo estava interligado... meu pai trepando por aí, minha mãe amargurada, Bell trepando com garotos, eu trepando com o desconhecido, meu próprio desejo fantasma...

O Carmen's estava às escuras. Tive que ficar junto à porta enquanto esperava minha visão se ajustar às paredes cintilantes. Não havia música, apenas o ruído branco de várias televisões. Pedi uma dose de destilado com uma cerveja pra acompanhar, depois perguntei à bartender, uma mulher mais velha com cabelo espetado, o que sabia sobre Madison.

"É uma moça como outra qualquer." Ela deu de ombros, enxugando um copo longo. O lugar parecia menos exótico do que da outra vez. Bebi rápido enquanto passava em revista os murais em luz negra. O mais próximo era de um jacaré dando uma olhada concupiscente para uma mulher. Pedi outra dose, observando um casal bêbado se agarrar na ponta do bar. O homem enfiava os dedos entre as pernas dela, depois sorria feito um idiota. O cabelo da mulher estava imundo, as mechas separadas em cordames lustrosos e brilhantes que lhe desciam pelas costas. Cada vez que se desgarravam, bebiam rápido e pareciam ridiculamente tímidos.

Por algum tempo, contemplando minhas roupas na sacola de papel, meus olhos assustadiços no espelho atrás do bar, cheguei a me convencer de que voltaria para Bell. Ele era o único homem que me havia dado a sensação de estar dentro da vida, e não fora, como mera espectadora, e se conseguia isso pelo medo e pela dor, ainda assim era melhor do que olhar entorpecida para o sujeito no sofá, pensando: *Logo mais vou te deixar.* Pedi outra cerveja e pensei em Bell e eu num grande apartamento na Nob Hill, em como teríamos quadros sombrios e lindas gamelas de madeira. Bell trabalharia como produtor de cinema e eu seria fotógrafa, comeríamos tabule, faríamos nossos próprios cartões de Natal e batizaríamos nossa filha de India. Nossa cama seria alta, com edredom estampado, colcha de retalhos e almofadas de cetim cor de cereja. Mas o lugar dos sonhos se transformou num aposento mais sóbrio, Bell dormindo no futon, eu desperta à janela — nossa vida crua e dolorida feito um osso sangrento.

Eu ainda estava brava com a menção de Bell ao meu relógio biológico. Pensar nele era ridículo — um alarme à moda antiga que mais parecia uma caricatura da angústia real... a vaga sensação de que era hora de mudar. Começou com notar bebês na rua, seus agasalhos engraçadinhos, seus sapatinhos graciosos. Eu também notava as grávidas, em quão absortas pareciam. E, depois de tantos amantes, a pureza do relacionamento entre mãe e filho ficava muito atraente: seu bebê te amava sem sombra de dúvida. Havia também vergonha, de ainda ser solteira, porque havia mulheres no começo dessa fase, mais novas, viçosas e melhores do que eu nisso. Às vezes, me dava um ciúme terrível. O relógio biológico era a sensação de que era o momento de passar para a fase seguinte, mais avançada. De fato, era algo positivo e maduro, embora os homens fizessem parecer uma doença nervosa.

Mas o que é que eu fizera para me estabilizar? Começara a namorar um bissexual, e em matéria de economia não fizera muito no ano anterior exceto por tirar algumas fotos e costurar um eventual chapéu ou colete. Pelo contrário, passava o tempo todo nos cafés da 16th Street, fingindo ler As flores do mal. O Mission parecia ser o último bairro boêmio dos Estados Unidos, transferido nos anos 1960 de North Beach para Haight-Ashbury, ambos atualmente inundados de turistas procurando Kerouac e Cassady na City Lights e o Grateful Dead e o Drug Store no Haight. O Mission era sujo, você ainda conseguia arrumar um burrito de dois dólares, sentar no Albion ou no Uptown, assistir a documentários de esquerda no Roxie. Os brechós não eram vintage e havia um monte de profetas de rua que bebiam café e escreviam manifestos nas lanchonetes. Um deles, um magrelo chamado Spoons, ficava no Piccaro Café, distribuindo a todos fotocópias demandando carteiras de motoristas sem prazo de validade, convertendo todas as lojas de rua em abrigos e permitindo que meninas de dez anos se casassem. Ele também cismava que toda lâmpada tinha uma microcâmera dentro, e que era por tramoia da CIA que nunca recebia nenhuma carta. O Piccaro — com sua arte de barbies sem cabeça, pessoas em suéteres agigantados escrevinhando em cadernos, lendo, jogando xadrez — parecia autêntico, mas eu não conseguia determinar se estavam só de pose ou se era eu quem estava. Aquela cena e todas as outras me pareciam desesperadamente forjadas. Eu tinha tanta desconfiança dos boêmios quanto de profissionais em restaurantes de primeira ou de suburbanas que perambulavam catatônicas pelos shoppings de Palo Alto. Eu tinha me mudado para lá para ser diferente junto de todos os outros, mas não estava funcionando. Talvez fosse simplesmente uma questão de quantidade. Na Virgínia era fácil me convencer de que eu era uma pessoa interessante, mas ali não era diferente das demais mulheres. Não conseguia deixar de pensar que, trinta anos antes, estaríamos casadas, cozinhando, tricotando, empurrando móveis — começando uma família. Não me entendam mal, há artistas obsessivas e brilhantes em San Francisco. O problema é que vir para cá me fez perceber que eu não era uma delas.

Para onde eu iria agora? Minha mãe pagaria a passagem de volta para casa. Quando eu chegasse, ela deixaria uma pilha de cobertores na minha cama e me traria um suco. Eu poderia me masturbar ao som de maridos suburbanos empurrando seus cortadores de grama. Poderia voltar para Pig. Sorri diante do pensamento de que eram minhas únicas alternativas. Pensei nas coisas que poderia fazer em San Francisco; cafés, museus, o parque. Então pensei aonde iria se tivesse carro. Pensei em todas as cidades em que morei e no que fiz em cada uma delas. Mas nada seria capaz de me satisfazer, não existia nada no mundo que pudesse me apaziguar no momento.

Madison desceu a escadinha lateral. Havia uma lágrima prateada colada junto a um dos olhos delineados de preto e ela usava um jeans justíssimo com cinto de tachinhas largo como um punho. Ela não me notou, o que achei difícil de acreditar, já que eu estava evidente feito uma vaca plantada naquele lugar robótico. Gritei seu nome no momento em que a porta se fechou atrás dela, pulei do meu lugar e a segui pela rua molhada. Ela se dobrou, abrindo a porta do carro.

"Por que você não veio?", falei para as suas costas. Ela se virou, se apoiando sardônica contra o carro. Os olhos dela me davam um pouco de medo. E percebi, também, como seus bíceps eram fortes e robustos. Ela tinha aquele vigor incandescente de quem está em plena forma.

"Pig te disse que não é minha mãe?"

Fiz que sim, percebendo que devia ter parecido imbecil para ela e envergonhada do meu jeans sujo e dos meus tênis pretos.

"Vim te pedir uma coisa." Dei um passo para mais perto. Ela era como uma cobra, e eu sentia que, se chegasse perto o suficiente para fitar aqueles olhos horríveis, conseguiria encantá-la.

"Por que não me deixa em paz?", disse Madison. Fiquei chocada com a fina exaustão naquela voz.

"Preciso de um conselho", falei.

Ela estreitou os olhos para mim. "Por que acha que eu poderia te ajudar?" Ela perguntava como se aquilo fosse impossível, uma loucura.

"Não tenho onde ficar." Não era o que eu esperava dizer, mas então percebi que esse era o motivo por que tinha ido ao Carmen's.

Ela sorriu. Primeiro aquilo me tranquilizou, mas depois seus lábios se espraiaram em uma expressão que imaginei que um homem poderia usar com uma jovenzinha.

"Você não entendeu ainda, não é?", disse ela. Mas parecia satisfeita. "Quer ficar um tempinho comigo?"

Concordei com a cabeça. Ela entrou e fez um sinal para eu entrar do outro lado. O carro era muito esquisito, com grandes pedras de strass coladas pelo painel inteiro e um boneco vodu pendurado no retrovisor. Ela virou a chave na ignição, suas joias refletindo luzes feito estilhaços de vidro e o rádio tocando o mesmo ruído branco que no Carmen's. Madison pareceu gostar daquilo, apertou o botão do isqueiro do carro, revistou a própria bolsa, encontrou os cigarros, deu um peteleco expulsando dois e me ofereceu um. Me curvei na direção de sua mão para que acendesse primeiro o meu e depois o dela, com a resistência moribunda do isqueiro do carro. "Você vai ver", disse ela, enfiando distraidamente o isqueiro de volta no lugar, "há um milhão de formas de exterminar suas partes frágeis."

5

Passei em casa no fim da manhã porque sabia que Bell estaria no trabalho. Eu dormira mal na casa de Madison. Um sonho de baratas entrando pela minha boca me assustara, e eu me preocupava que o sujeito desconhecido fosse aparecer de repente ao meu lado, roçando o pau grosso na minha bunda. Assim que raiou o dia, o casal de cima começou a trepar. A mulher soltou um repentino ganido de incômodo, mas o homem a induziu ao prazer dizendo: "Isso, assim, assim".

O apartamento não estava muito diferente de como eu o deixara no dia anterior. Ainda havia copos sujos na pia e um cheiro morno de ovos misturado ao dos cigarros de cravo que Bell vinha preferindo ultimamente. O cinzeiro estava lotado de bitucas fumadas até o toco, como os pobres fazem. Mas o lugar já parecia bizarro, com a Bíblia aberta na cena da Páscoa e um desenho labiríntico preso com tachinhas em cima da cama. Os lençóis do futon estavam embolados. Torci para que aquilo quisesse dizer que Bell tinha dormido mal, mas para mim também sugeriam momentos de paixão. Com Bell havia sempre aquele OUTRO. Nunca falávamos a respeito, mas eu sabia que ele ficava mais excitado comigo depois que via alguém dançando numa boate ou quando via na rua um homem ou mulher que admirava. E, quando me estimulava a usar lingerie ou cortar o cabelo curto feito menino, não era tanto para que eu ficasse mais sexy, e sim para que eu me parecesse com aquele outro, a abstração erótica em sua cabeça.

Tirei o lacre da garrafa que eu comprara do outro lado da rua e bebi. Aquele vidro gelado e o gosto forte do bourbon passavam uma sensação de apoio. Era mais difícil desmontar o apartamento do que tinha sido abandoná-lo, era torturante ter que iniciar o ritual de MEU e SEU. Peguei a fita adesiva na gaveta de bugigangas da cozinha e montei as caixas. Rapidamente guardei nelas meus sapatos, vários suéteres esfarrapados e um cobertor. Peguei o bauzinho de madeira que meu avô tinha feito para mim e o peso de papel com a rosa branca dentro. Peguei minha litografia de anjo, meu velho chapéu de feltro e o coador de chá da cozinha. Revirando a gaveta de talheres em busca da minha colher preferida, sentia meu coração bater histericamente. Entrei no closet e sentei encostada na parede do fundo, olhando para o quarto. Lembrei como Bell certa vez me atraíra para fora dali, que ele chamava de minha cama de poodle, deixando um profiterole num prato sobre o chão. E como meus pais haviam dividido seus pertences: meu pai saiu de casa primeiro, depois pediu à minha mãe formalmente, via carta, que mandasse certa foto, seu terno com a calça com barra aparente, seus velhos discos de jazz. Sentada em meio ao aroma de Bell, passando seus tecidos no meu rosto, decidi que tudo aquilo era culpa minha porque eu era uma sujeitinha do pior tipo; uma moça bonita com expectativas altas que queria mais, mas não conseguia definir o que era esse mais e rezava para não ser só questão de se casar com alguém rico. Ouvi o tráfego incessante da Bush Street e pensei nas heroínas dos romances. Sempre eram otimistas e ingênuas, fossem velhas ou putas. Sempre eram bonitas, como se só as agradáveis aos olhos tivessem coragem de se lançar ao mundo. Eram inteligentes de um jeito burro, com aquela inteligência desarticulada que os homens pareciam apreciar. Faziam loucuras em nome do amor e no final sempre percebiam alguma bobagem que era óbvia desde o começo.

Alisei cada centímetro dos lençóis retorcidos em busca de manchas de esperma, com medo de Bell já ter arrumado outro caso. Era verdade que um homem que realmente te amava esperaria um pouco antes de arrumar outro alguém? Ou será que o homem mais desesperado procuraria alguém novo logo de cara? Ultimamente, eu vinha desconfiando mais das máximas e lugares-comuns do amor, sabia que amava mais homens que eu traíra do que outros a quem havia sido fiel. Além do mais, o que significaria eu não querer que ele estivesse dormindo com outros? Parecia territorialidade, tinha mais a ver com meu desejo do que com qualquer coisa que sentisse por ele. Mas com Bell tinha sido daquele jeito desde o início. Fora sua ex-namorada que dera início à minha obsessão. Eu resolvi que o queria quando fiquei sabendo dela: era cinco anos mais velha, tinha cabelo oxigenado, sabia falar francês, apanhava do pai e, provavelmente o mais importante, ainda desejava Bell. Foi ao redor desses fatos ridículos que minha obsessão por ele floresceu. Mas na verdade não era bem assim, porque quando eu pensava nos seus lindos genitais, no seu rosto exíguo, em como sorria deleitado enquanto eu falava, no calor do seu corpo, em como parecia me amar, eu entendia que amava Bell, não apenas o mistério que o circundava.

Avistei o convite de casamento de Kevin sob a mesa e me arrastei daquele closet. O envelope estava puído na parte que abria. Encontrei uma foto de Bell de que gostava e meti ambos dentro da minha caixa de papelão. As duas caixas e um saco de lixo verde eram tudo o que eu tinha. Aquilo me agradou, eu era feito uma monja ou discípula, que não precisava de nada além de umas poucas peças de roupa. Mas, contemplando o reflexo do plástico, me senti infeliz. Eu tinha vinte e nove anos, e se eu continuasse acumulando coisas na mesma velocidade até os noventa chegaria lá com apenas seis caixas e três sacos de lixo. Mas de que importava? Queria parar de achar que acumular coisas — pessoas, casas, carros — ia me consolar ou salvar. Mas só de pensar em não ter nada eu sentia medo, porque aquilo se parecia demais com a morte.

Arrastei o saco até a portaria, depois levei as caixas, pensei em empurrar a chave por baixo da porta, mas resolvi ficar com ela. Talvez tivesse vontade de espionar Bell, talvez as coisas ficassem feias e eu precisasse vender meus livros ou meu rádio. Fiquei sentada ali num estupor, tentando resolver se chamava um táxi amarelo na rua ou voltava lá em cima e ligava para o serviço de táxis piratas.

Um táxi veio virando a esquina e fiquei de pé, fazendo sinal para que parasse. O motorista encostou o carro, era um árabe simpático que me ajudou a colocar minhas coisas no porta-malas. Na escuridão do táxi, vi sua identificação com a foto e o nome — Amud. Com seu sorriso bem treinado, ele me perguntou sobre a foto que eu tinha no colo.

"É minha mãe", falei. "Ela foi Miss América, depois virou médica." O taxista me olhou pelo retrovisor, primeiro com as sobrancelhas erguidas e depois com uma expressão de súbito interesse. Mas quando viu minha boca mole de bêbada e a loucura rebrilhando nos meus olhos, deixou os ombros caírem e dirigiu mais depressa. Eu vivia mentindo sobre a minha mãe, como se dizer o que ela podia ter sido fosse ajudá-la de alguma forma.

Aperfeiçoar a minha mãe era como fingir que seu namorado te amava. Apoiei a cabeça na borda da janela, deixando o ar fresco secar a perspiração do meu rosto. Aquilo deixou o motorista aborrecido.

"Seu pai, ele te ajuda?" O taxista se virou vagarosamente para me ver, tentando descobrir se conseguia pressentir o refinamento que em geral havia sob as roupas hippies das jovens de San Francisco.

"Eu mesma me sustento", falei. Aquilo pareceu preocupá-lo. Ele pisou fundo no acelerador, sacudindo a cabeça.

"Uma moça não deveria ficar nessa situação." Eu queria responder, mas não consegui pensar em nada para dizer, e o taxista não me olhou mais. Ligou o rádio em uma estação com música árabe fora de sintonia e dirigiu angustiado, pisando em falso no acelerador e sem parar completamente nos semáforos. No prédio de Madison, ele me ajudou a descarregar minhas coisas, sacudindo o saco de lixo para ver se eu era louca a ponto de carregar lixo na mudança. Então pegou meu dinheiro e saiu dirigindo na direção da Market Street.

Ao chegar lá em cima, ficou claro que Madison estivera ali. Ela deixara uma TV portátil e cravos em um vaso leitoso. As flores eram feias e, quando liguei a TV, só encontrei estática agressiva como nas TVs do Carmen's. Aquilo tudo me assustou, e fiquei pensando se Madison tivera mesmo a intenção de me receber bem.

Coloquei o bauzinho do meu avô em cima da TV, preguei meus postais de Kandinsky sobre a mesinha de cabeceira, joguei uma echarpe sobre a cabeceira da cama e apoiei a foto da minha mãe na parede. É incrível como uma echarpe bem posicionada e uma fotografia conseguem transformar um quarto de hotel árido feito cimento ou uma quitinete daquelas de um lugar sem personalidade em um ambiente familiar. Esvaziei a lixeira, coloquei as roupas dobradas nas gavetas. O lugar ainda parecia horripilante com a cômoda de madeira falsa e a cama de metal com cara de hospício. Até o pôster cubista era anguloso e desalmado feito uma máquina. Havia ruídos de atividades distantes no prédio. Invocavam o último morador do apartamento, um baixinho de dentes podres que comia sardinhas e lia pornografia barata. Ele teve um ataque cardíaco na banheira tocando uma. *Não tem nada mais sublime*, pensava ele, *do que uma menina bem novinha.*

Achatei as caixas com o pé e as guardei no closet, certa de que aquilo era passageiro. O closet de Madison era espetacular, feito uma arara com figurinos no camarim de um ator. Havia colares de contas e cintos — e um prego exclusivamente dedicado a cruzes e rosários. Não havia roupas de estilo recente, o que me fez pensar se Madison era mais velha do que pensava ou se não envelhecia, tal qual uma vampira. Dedilhei veludos deslumbrantes cor de vinho, cetins brancos lustrosos, seus vinis coloridos, resolvi experimentar alguns. Primeiro um minivestido sem mangas. Quando fiquei em frente ao espelho pensei que eu era minha mãe. Era do estilo que eu lembrava que ela usava, ou talvez fosse o cenário, porque eu tinha o costume de mexer nas roupas dela, cheirar seus sutiãs e suas calcinhas perfumados, deitar em sua cama pensando no corpo dela com o do meu pai. Mas eu parecia mais Madison que minha mãe, e pensei em como as mulheres são maleáveis, com a roupa certa parecem virgens, putas ou donas de casa. Seus brincos dão informações, barras de saias falam, sombras de olho insinuam. Me lembrava bem de Bell às vezes zombando de meus casacos e jeans enormes, dizendo que eu parecia uma estudante. Ele apontava mulheres que achava que andavam na moda, em geral as que usavam roupas pretas e bem cortadas. Às vezes eu tinha vontade de comprar roupas novas, mas quando entrava nos provadores minúsculos e e cinzentos com ganchos de um lado e espelho do outro, com a luz fluorescente da loja entrando por debaixo da porta, me sentia desprotegida e tola, e era impossível decidir o que levar.

Havia um pedaço de jornal todo rabiscado com a letra de Madison no bolso do vestido. Eu queria lê-lo, mas ouvi a porta sacudir e uma chave entrar na fechadura. Madison entrou segurando um tubo de pasta de dente e um pacote de papel higiênico. Ela tomou um susto ao me ver com seu vestido, mas não disse nada. Simplesmente foi ao banheiro e ligou a água para escovar os dentes. Tirei rápido o vestido, me virei e encontrei minhas roupas na cama.

"Que bela bunda", disse ela. "Dá para tirar uma boa grana com uma bunda dessas." Madison riu alto, se jogou na cama, ficou me olhando entrar no jeans. "Conta de você", pediu Madison.

"Sou só uma moça como outra qualquer."

Madison sorriu. Pude ver que eu a agradara, e sentia muita vontade de fazê-lo de novo.

"Você já abortou?"

"Já", falei, "uma vez, na faculdade." Parecia algo estranho de perguntar. Com que rapidez ela reduzia as pessoas a duas coisas, a suas experiências mais violentas e seus desejos sexuais.

"Dá uma sobriedade, não dá?", disse ela, inventariando as coisas que eu levara para o quarto. Ela dedilhou a echarpe de seda azul.

"De onde você é?", perguntei.

Ela olhou para mim como quem queria mostrar como recaio facilmente em formalidades. "De Carson City. Não vai me perguntar o que meu pai faz da vida?" Ela sorriu. "Minha mãe dizia que ele era caubói, mas ela é uma mentirosa. Uma vez apontou para o guitarrista de um clipe e disse que era meu pai. Meu segundo padrasto ficava fazendo a gente se mudar toda hora, para lugares loucos feito Spokane ou uma cidade no México. Ele vendia coisas: camas bronzeadoras, alarmes de incêndio. Agora já não sei mais deles, e nunca mais vou conseguir encontrar os dois."

"Que pena", falei, mesmo sabendo que não era o que ela desejava que eu dissesse.

"Eu queria ter nascido de um ovo no sol, feito um lagarto."

Sentei na cama, próxima a seus pés. "Só vou ficar aqui até arrumar emprego."

"Você vai é trabalhar para mim. Passe no bar lá pela uma da manhã." Levantando abruptamente, ela foi andando até a porta. "Eles te acordaram?", perguntou, apontando para o teto.

"Parecia que ele estava machucando ela."

Madison fez que não. "Ela só finge porque ele gosta de achar que está machucando."

Quando ela saiu, fiquei escutando seus passos escada abaixo, depois atravessando a calçada, até se misturarem aos demais e ficarem indistinguíveis. Olhei o relógio de parede. Agora o tempo trazia uma dor intolerável. Pensei em beber. Pensei em me masturbar, em ficar vendo um homem comer a minha bunda, me fodendo feito um cachorro. Tais fantasias tinham passado a me assustar. Nem sempre eu conseguia controlar os homens. Eles faziam coisas horríveis, contorcendo o rosto num prazer maléfico.

O telefone tocou e, quando atendi, percebi pela respiração penosa que era Pig. "Madison", disse ela, "Madison, é você? Não me torture, foi um sacrifício te ligar", disse ela, alto. "Quero te ver. Mandei uma moça, mas não consegui dizer a ela o que eu queria te dizer… Sei que é você… Pode vir aqui me ver, querida? Pode vir?" O tom desamparado de sua voz despertou um ímpeto de crueldade em mim e sussurrei: "Sua velha gorda imbecil". Assim que disse isso, ouvi um resfolegar e um ruído, como se ela tivesse caído e batido numa mesa e o fone, rolado pelo chão.

Me senti mal, mas não havia como ligar de volta para me desculpar. Então liguei para minha mãe. Ela atendeu no primeiro toque e me disse, nervosa, que o primo do meu pai tinha morrido. "Sempre gostei tanto dele", disse, "e daí que ele largou a esposa por um ou dois anos e fugiu com a secretária? Quando acabou ele voltou correndo para ela. Até se casaram de novo e tudo. O primeiro amor tem algo de primordial."

Para ela estava tudo bem o homem dar suas escapadelas desde que fossem ricos ou depois se remendassem. Ela não era exatamente uma moralista situacional, e sim uma moralista financeira. Contei que havíamos nos mudado. Ela anotou o número e eu disse que precisava desligar. Ela fingiu que eu não havia falado nada, dizendo: "O mais louco é que, desde que soube que ele tinha morrido, não paro de comprar coisas. Ontem mesmo comprei um aparelho de som e hoje um tapetinho persa para o carro — estou sentindo uma liberdade". Ela deu uma risada de menininha. Falei de novo que precisava desligar.

"Por que você só me liga quando tem pouco tempo para conversar?"

"Às vezes falar com você me deixa triste."

"Porque tem medo de acabar feito eu?"

Não era exatamente aquilo, e sim que a equação dela parecia trágica de uma forma tão trivial... pai bêbado, marido imprestável, já ter sido linda e hoje estar gorda, estar provavelmente há dez anos sem sexo, sua vida ter se reduzido a um cifrão. Era a única moeda com que se sentia bem em negociar, era a única coisa em que confiava. "Não", respondi. "Você só me lembra de que um dia vou morrer."

"E nesse meio-tempo precisa ser má comigo?"

"Tchau, mãe", falei. Enquanto desligava, eu a ouvi dizer: "Você não é diferente das outras pessoas, Jesse".

Deitei na cama, observando a luz amainar. Podia ver uma placa do outro lado da rua que dizia: *GarotasGarotasGarotas*. Sobre ela, uma janela de cortinas verdes. A lua estava nascendo sobre o recorte dos prédios no horizonte, delineando as entradas da rodovia junto à água.

Me lembrei do bilhete de Madison, me empurrei para fora da cama e o peguei do bolso do vestido. Ainda consegui ler à meia-luz.

Eu estava grávida, tomando ecstasy, não conseguia me concentrar em coisa nenhuma. Meninos se beijavam num canto. Não conseguia entrar no banheiro pra mijar e fiquei de pé na fila, olhando um magrelo alto fazer piruetas pra sua saia subir e mostrar a calcinha de rede. Quando a porta finalmente abriu, duas meninas e um garoto de casaco de lantejoulas vermelhas saíram rindo. Tinha um estroboscópio que me deixava feliz, até que eu vi no meio do pulsar meu namorado com uma garota no colo. Virei a cabeça. Ele é assim mesmo. Disse isso oito vezes rápido, e depois mais rápido ainda, até que encaixou na música e já não pareceu tão ruim.

Coloquei o papel no meu bauzinho de madeira, tranquei-o, acertei o alarme para meia-noite e apaguei a luz.

A bartender me disse para ir ao andar de cima. Era um alívio sair de perto dos homens de olhar guloso do bar. As escadas eram íngremes, forradas com linóleo azul-hematoma. No alto havia uma porta branca com uma placa preta que dizia: PARTICULAR. Pus a mão na maçaneta e senti uma repentina emoção. Empurrei e abri. O corredor estava escuro e, como não conhecia a geografia do lugar, fiquei parada um momento para meus olhos se acostumarem. O ar estava morno e úmido, e eu ouvia água borbulhando. Comecei a andar. Havia aquários gigantes embutidos em ambos os lados da parede, acarás etéreos, barrigudinhos transparentes e uns prateados finos feito lápis. Os aquários se alternavam com portas e vitrines. Me aproximei da escada espiral, pensando que a mulher da primeira vitrine era um manequim até que ela mexeu os olhos. Uma olhada bem ensaiada, com um toque de ingenuidade, indagação e distanciamento perfeito, o tipo de distância que chama o desejo. Ela usava um corpete branco, do mesmo tom que o tapete felpudo. Havia outras mulheres, uma delas com uma peruca loira que ia até o chão. Ela abriu as pernas, mostrando a boceta rubra de ruge.

As luzes azuis davam a impressão de que o lugar inteiro estava embaixo d'água. Subi as escadas de metal. O quarto de Madison era enorme com o mesmo espesso tapete branco, sofás brancos redondos e uma cama com colcha branca felpuda. Madison estava junto a uma mesa branca, sentada em uma poltrona anatômica de couro branco. Usava um baby-doll e botas go-go girl de couro envernizado e, sem se virar, disse: "Me ajuda aqui?". Ela estava aquecendo cuidadosamente a parte de baixo de uma colher de prata com um isqueiro. Deu uma palmada no braço, fechou o punho, me disse que ainda não tinha se medicado naquela madrugada e perguntou se eu seguraria o bíceps dela até que encontrasse uma veia.

"Não dá para usar outra coisa?", perguntei.

"Quero que você faça isso", disse ela, feroz. "AGORA." Ela deu um tapa na mesa com a outra mão e eu rapidamente fechei os dedos, polegar com polegar, ao redor do topo do seu braço.

"Aperta mais", disse ela, "essas veias não prestam mais pra nada." O braço dela ficou como mármore, depois ficou rosado, as veias inflaram e finalmente ela encontrou uma do seu agrado, no delicado verso de seu antebraço. Ela encheu a seringa. Detestei ver como a agulha entrou, como se sua pele fosse manteiga. Um pouco de sangue recuou, tingindo a heroína de rosa.

"Solta", disse ela, tirando a seringa. Então comprimiu um lenço sobre a veia, dobrou o braço para cima e deslizou para o encosto da poltrona. Quando Madison viu meu estado de choque, deu uma gargalhada.

"Você é uma dessas que acha intenso ver os pais discutindo?"

"Acho que ver uma gaivota com uma asa quebrada à beira da estrada pode ser tão horrível quanto…"

"Quanto o quê?", perguntou Madison. "Ser estuprada?"

"Não", respondi, "claro que não. Só não acho que dor tenha hierarquia."

Madison fez que sim. "Justo. E o que pensa de pagar boquete?" Seu sorriso não era nem um pouco alegre.

"Você tem alguma filosofia a respeito?"

Madison girou a cabeça de forma sonhadora na minha direção. Dava para ver que a droga estava batendo. "Bem, tem muitas coisas importantes baseada neles: foguetes, arranha-céus, armas. Mas, de certa forma, são todos uma merda. Quando estou pagando um, penso no pinto como uma minhoca burra. Não sabe a diferença entre uma boceta, uma mão e uma boca. E se os homens pensam que sou servil ou boazinha, dependendo do que sentem por mim, sei que é só um serviço. Quando pago boquete, sou como um mecânico. O pau é um carro. O dono do carro, tal qual o dono do pau, não sabe nada sobre mim ou do que sinto de verdade por ele."

"É tudo tão esotérico."

"Esotérico?", repetiu ela, zangada. "Me conte como perdeu a virgindade."

"Não", falei. "Vamos falar sobre o meu emprego."

"Me conte como foi, faz parte da entrevista", disse ela. "E sente aqui junto comigo." Ela tocou o assento da poltrona ao seu lado.

Eu não queria contar a história e tentei mudar de assunto perguntando como eram as gorjetas no bar. Ela me ignorou e disse: "Vai, continua".

"Tá", falei, "eu vou te contar, mas não vai ser prova de nada."

Madison olhou para mim devagar, com os olhos agora apáticos, e sorriu.

"Peguei um ônibus que descia até a Geórgia. Tinha um fedor horroroso, porque uma velha lá atrás tinha cagado na calça, e me lembro de ter pensado como as árvores e os arbustos das estradas menores pareciam de uma exuberância maligna. Ele me buscou. Fomos de carro até um condomínio onde dividia um duplex com outros rapazes da faculdade. Subimos para o quarto dele, que quase não tinha nada, era anêmico, com livros de cálculo em uma estante de metal e um colchão no chão. Ele tirou minha roupa e pôs minha mão em seu pau pequeno. Depois, foi ao banheiro, e eu encontrei um brinco de ouro preso entre a parede e a cama."

"Deixa eu te contar a minha", falou Madison, se aprumando na cadeira e mexendo na luz, virando-a de banda para deixar nosso lado mais escuro. Pensei em confessionários sombrios e em como sempre reduzo a luz quando estou de namorado novo. "Às vezes, só de beijar, eu chegava a ensopar minha calcinha. Tinha esse cara. Ele me dizia que queria ter filhos comigo. Claro que caí direitinho, escolhi ele entre todos os outros maconheiros de mão boba. Mas depois de ele ter passado um tempão me enchendo pra gente trepar, começou a berrar toda vez que eu dizia que não estava pronta. Começava a falar tatibitate comigo, dizendo que eu era igualzinha às menininhas que víamos na rua. Fui ficando puta com isso. E uma vez ele não estava e dois amigos dele vieram me perguntar se eu topava trepar com eles. Falei que sim, e eles me levaram para um apartamento. Acho que era do tio de um deles. Estava vazio, tinha só uma cadeira de armar e uma mesa dobrável. Me escorei na parede e eles me comeram, primeiro um, depois o outro."

"E você nunca contou pro seu namorado?"

"Não, trepamos logo depois e fingi que era virgem."

"Que dó de você."

"Por quê? Fiz o que tive vontade."

Eu tinha noção de estar caindo num clichê, sendo sentimental, e queria mostrar que podia ser tão dura e crua quanto ela.

"Qual foi a pior coisa que você já viu?"

"Meu pai de pau duro." Ela deu uma gostosa gargalhada, e de repente seu rosto se deteve, como se ela tivesse pensado em algo terrível. "Não me falta vontade de morrer", disse ela, me encarando com um olhar sonolento. "Depois de um tempo, os homens que vêm aqui parecem tão insignificantes quanto moscas."

6

Foi uma noite difícil, a do meu aniversário de uma semana no Carmen's. Cheguei em casa por volta das cinco da manhã. Uma nesga de luz espreitava no horizonte. Fechei a cortina para me defender e, deitada, esperei nervosamente o sono. Não foi bem sono o que veio, só camadas de consciência achatada, uma deslizando sobre a outra com a facilidade com que amantes se movem um na direção do outro nos sonhos.

Minha expectativa era de que aquela noite corresse igual às anteriores: a lenta preparação e estocagem, os primeiros clientes, depois a correria frenética até o fechamento, mas naquela noite aconteceram algumas coisas estranhas. Primeiro, Susan havia corrido nua para o andar de baixo, seu peito exposto abrindo a multidão, oscilando sob as luzes computadorizadas. A porta de cima se abriu com um estrondo e Madison desceu possessa atrás dela. Puxou Susan pelo pulso, torcendo seu braço de forma que a cabeça dela ficasse aninhada na dobra do seu pescoço. Ela a conduziu até o pé da escada antes que Susan enrijecesse as pernas, se agarrasse ao corrimão e se recusasse a soltar. Madison tocou o queixo dela, sussurrou algo em seu ouvido e acariciou seu cabelo. Os olhos de Susan amoleceram e ela permitiu que Madison a levasse escadaria íngreme acima. Ela olhou para mim pouco antes de as duas desaparecerem por trás da parede de metal. Aquilo me assustou, porque eu não conseguia saber se era um alerta ou se ela me odiava, sentindo que eu era cúmplice de Madison. Depois, na hora de fechar, quando eu estava limpando as mesas do fundo, veio um babaca que tinha passado a noite inteira pedindo *slippery nipples*. Cada vez que dizia o nome do drinque, ele dava um sorrisinho feito um garoto de colegial. Ele voltou, me ofereceu uma nota de cinco presa entre o polegar e o indicador. Não gostei de como tinha dobrado a nota ao comprido, nem de como a segurava um pouco longe de mim, mas estendi a mão para pegá-la mesmo assim. É claro que ele puxou a nota para trás e deu risada. Divisei os capilares rubros se espraiando por seu rosto e percebi que sua barba estava molhada em volta da boca. Baixei os olhos para o pano e continuei traçando ovais úmidas sobre o tampo de vidro da mesa. Havia algo de anêmico nele, com seu abrigo cáqui. "Desculpe, sem sacanagem." Ele deu um sorriso amarelo, revelando uma lasca de fumo que mascara presa no dente. Então segurou a nota mais perto. *Ofereça a outra face*, pensei e fui pegar o dinheiro. Mas ele o tirou de novo. Esfreguei uma mancha grudenta até tirá-la do vidro, depois apanhei um mexedor de coquetel e um guardanapo do chão. O homem simplesmente ficou lá parado, segurando o dinheiro, com a boca aberta num esgar de sorriso assustador.

O relógio foi se movendo interminavelmente até o amanhecer. Abri um pouco as cortinas, a luz inflamada lembrando pele infeccionada. A claridade do dia estava tentando me engambelar para eu acreditar que a vida era boa. Em vez de deixar, fiquei deitada no sol ainda frágil, ouvindo o noticiário matutino no radinho portátil, tentando ver o que as pessoas do outro lado da rua estavam fazendo. Torci para Madison ir para casa naquele dia. Pensei em dizer para ela que a amava, não tanto porque fosse verdade, mas porque estava desesperada por alguma conexão primária com ela. Às vezes eu imaginava nós duas naquela cama, de conchinha, seus seios pressionando minhas costas, o pelo macio e cacheado de sua boceta buscando a minha bunda. Eu sabia que estava solitária e que ela me fazia sentir deslocada, mas sempre me atraí por pessoas que me fazem sentir deslocada. Os primeiros ruídos de obra do dia começaram na rua: o zumbido do guindaste, uma britadeira. Tive uma visão dos operários, com seus cintos de ferramentas batendo suavemente em seus traseiros. Me lembrei do homem desconhecido e de como ele segurara minha cintura por trás com um braço firme como cinto de segurança. Imaginei Bell comendo Kevin, dois rapazes unidos na posição papai-mamãe. Tentei limpar a mente contemplando a mancha de infiltração em forma de margarida no teto. Eu não gostava de pensar em Bell com ninguém além de mim. Pensei nos meus amantes anteriores. Lembrei de uma vez em que um homem esteve dentro de mim e eu não estava nem aí, e num esforço para sentir algum tesão eu pensava ME FODE, e só de visualizar as palavras, não precisava nem dizê-las, já via estrelas. Foi a primeira vez que minha vida sexual virou duas coisas: a realidade sexual mecânica e a fantasia incessante. As primeiras fantasias eram inocentes: um desconhecido chupando minha boceta, me pegando por trás; eu elaborava cada ato até o mínimo detalhe, estocadas rasas com a língua, seus dedos calosos sobre a pele crispada da minha bunda.

Fingi que o tráfego matinal era o murmúrio primordial do oceano, pensei em ondas recuando e expondo conquilhas. As carapaças em um violeta leitoso se expunham por um instante ao sol, mas depois um músculo mucoso se distendia e recolhia sob a areia. Enfim eu estava caindo no sono. Minha imaginação parecia extasiada com a luz passando por cima de uma gigantesca concha de ostra cristalina e por cima do rosto do homem que a segurava. Embora os traços fossem indistintos, eu sabia que era o desconhecido. Ele contou num sussurro que a concha continha mil lágrimas. Molhou seus dedos, me esparzindo inteira como se a água fosse benta. Ele disse que eu não estava só. Então a concha subiu e flutuou, transparente, sobre sua cabeça.

Na noite seguinte, trabalhar sob os estroboscópios foi desorientador. Fiquei olhando os homens apoiados nas paredes, os quadris projetados, os olhos se fixando em uma mulher atrás da outra. Eu cantarolava enquanto misturava poções a partir das garrafas de destilado. Em apenas uma semana já aprendera a julgar mentirosos e conhecera o jogo da conquista — como uma mulher abre o corpo, suaviza os olhos, o andar malemolente do homem até ela. Descobri que a infelicidade mais aguda é silenciosa, que um momento engole o seguinte até o fim do mundo, a hora de fechar, quando o mexicano baixinho passa o esfregão no piso e as putas descem para beber, sonolentas. Notei também que os homens mais bem-vestidos dão as piores gorjetas, que aqueles com aplique capilar sempre exigem serviço rápido, e que um fã de bourbon pode ficar agradecido como uma criança se você lhe servir doses com chorinho. Se eu tremesse o medidor, o que me lembrava do momento em que você está prestes a beijar alguém, eles chegavam a me olhar com olhos enamorados.

Conferi o relógio, esperando Madison. Para mim, ela era como uma mulher que tinha acabado de sair do sol. Eu queria seu fulgor, seu desembaraço, sua força. O desejo tem duas velocidades: a de chamas de fósforo, rápidas e imprevisíveis como uma ave selvagem presa dentro de casa, e a de desejos vagarosos que se acumulam a longo prazo — uma mesa de cozinha de nogueira, canecas de cerâmica artesanal, o vapor do café colando ao redor dos lábios e um homem sonolento sentado à minha frente com olhos cor de uva verde e mãos compridas de pianista. Mas o que meus sonhos surrados tinham a ver com Madison? Eu sabia que o que as pessoas mais desejam é aquilo que fingem odiar, que é preciso coragem para admitir o que se quer de verdade. Mas Madison não queria uma vida normal, queria ser perversa e poderosa, se transformar em um monstro.

Foi só quando o bar estava para fechar que Madison desceu e sentou no banquinho mais próximo da escada. Sua maquiagem estava borrada, seus punhos cerrados se achataram contra o balcão de aço, tentando relaxar. Será que eu não lhe trazia uma cerveja?, perguntou ela, educada. Fiquei amuada, ofendida por ela ter falado comigo como se fosse outra freguesa qualquer. Tive vontade de lhe dizer o quanto estava desesperada e solitária, mas eu sabia que no começo das relações nunca se pode demonstrar muita carência. Se o fizesse, ficaria associada àqueles homens tristes do bar. Eu suspeitava que Madison fosse igualzinha às outras pessoas. Ela tinha um instinto animal que acusava a vulnerabilidade como um perigo.

Levei uma cerveja para ela, com guardanapo embaixo e tudo. Ela me pediu outra e, quando levei, pediu minha caneta emprestada e começou a escrever no guardanapo. Segurava a caneta frouxamente, levantando os olhos a cada uma ou duas frases e baixando-os aos poucos de novo, pensativos. Eu a observava enquanto servia cervejas. Chegava o momento da noite em que os bêbados ficavam reclamões. Um me acusou de colocar água na bebida e outro disse que eu havia cobrado a mais. Madison se equilibrava na ponta de sua cadeira. Sua intensidade me deixou curiosa. Fui até ela e perguntei se precisava de mais alguma coisa. Ela olhou para mim.

"Você viu quando Susan desceu aqui ontem?"

Fiz que sim. "Seria difícil não ter visto."

"Ela se assustou porque no meio da trepada um homem falou que o pau dele era uma cobra."

Estremeci. "Que medo."

"Ei", gritou um homem, sacudindo o copo vazio. Madison mexeu a cabeça como quem me dizia para ir servi-lo. Ele rosnou feito um cachorro ao me ver servir sua bebida sem gelo em um copo menor. Quando ergui o olhar, Madison tinha sumido. Mas seu guardanapo permanecia ali, como se tivesse sido deixado de propósito. Enfiando-o no bolso, chamei uma dançarina de strip, uma mexicana corpulenta chamada Mercedes. Ela concordou em ficar de olho no bar enquanto eu ia ao banheiro.

O banheiro cheirava a ansiedade. Fechei a tampa de um dos dois vasos sanitários e sentei nela, mirando por um minuto meus sapatos sobre o chão de ladrilho xadrez. Tirei o bilhete de Madison do bolso. Ela tinha feito tanta força que a tinta havia penetrado pelas camadas do papel fino, cada folha com menos tinta, de forma que a segunda parecia árabe e a última, um desenho de neve feito por uma criança.

Susan disse: "Ele pôs uma cobra dentro de mim, estou sentindo as escamas".

"Não", falei, "ele só está mexendo com você — ele adora pensar que o pau dele é uma cobra, mas não é uma cobra de verdade."

Ela ficou agarrando a vulva até a pele ficar repuxada, rosa--choque.

"Tá bom", falei. "Vou tirar para você."

"Onde você vai pôr?", ela me perguntou.

Peguei um saco de papel. Ela deitou na cama e abriu as pernas, toquei delicadamente sua boceta, depois fiz uma forte pressão embaixo de seu estômago e soltei um grito estilo tele-evangelista, depois fingi que estava jogando a cobra dentro do saco, o sacolejei para convencê-la de que a cobra estava lá dentro, depois fui correndo para o banheiro e dei descarga. Quando saí, ela estava abraçando os joelhos.

"Pronto", falei. "Matamos ela."

"Você não entendeu", disse ela com voz triste. "Essa cobra aí vai e volta quando bem quer."

Sei que a menina estava certa, porque essa cobra mora em mim, enroscada no meu intestino, pendurada nas minhas costelas, aninhada a meu coração negro feito uma namorada. "Eu te amo", falei para a cobra, Madison, Bell, Kevin, Pig, minha mãe, minhas vidas passadas e meu novo amante, que já corria na minha direção naquele exato momento. Fiquei pensando se fazia diferença amar uma pessoa ou outra. Na hora de rememorar, os antigos amantes não eram intercambiáveis? Talvez isso valesse para o futuro também. O que eu amava mesmo era o bilhete. Sempre amara coisas estranhas: a garrafa azul de curaçau, o asfalto molhado, meu medo insípido.

Socando os copos de cerveja no lava-copos de escovinha, pratiquei minha voz calma, sem o menor traço de histeria, aquela que nada queria e que suscitaria o desejo de Madison. Contei o dinheiro, empilhando notas amassadas. Madison desceu com roupas normais, modestas para ela, calça boca de sino e blusa frente única.

"Quer ir tomar a saideira em algum lugar?", perguntei.

Ela vestiu o casaco prateado e me disse que precisava ir encontrar alguém. Antes que tivesse terminado de falar, eu já decidira segui-la, com medo do que eu seria capaz de fazer caso não conversasse com ela naquela noite. Assim que ela virou as costas, meti o dinheiro na bolsa de lona e o guardei no cofre sob o bar, pedindo às dançarinas para fechá-lo.

Lá fora, jornais voavam em espirais frenéticas e placas de shows de sexo explícito gemiam em seus suportes. Sua jaqueta prateada, lá na frente, era feito um peixe flertando com a superfície. Ela cruzou a McAllister, depois a Market. Pensei que estivesse indo para o Hotel Utah, mas era difícil prever, do jeito que ziguezagueava. Seu trajeto parecia aleatório, mas ela virava o rosto para janelas iluminadas tantas vezes que pensei que talvez estivesse procurando um sinal: uma lâmpada, um quadro específico na parede de um apartamento. Quem será que ia encontrar? Um cliente? Seu traficante?

Daquele lado da cidade, estava mais frio. O ar gélido se prendia aos galpões abandonados e às lojas lacradas com tábuas. Eu gostava dos tons dos tijolos à luz artificial e do barulho dos carros zunindo sobre nossas cabeças na I-80. Os pilares de cimento estavam cobertos de pichações e, junto de alguns deles, moradores de rua dormiam em caixas de geladeira. Eu não estava prestando atenção, e acabei ficando perigosamente próxima de Madison, que esperava distraída no semáforo. Nem parecia ela. Recuei, me detendo na outra ponta do quarteirão até que atravessasse. O vermelho ficou verde, mas ela continuou parada. Seu casaco cintilava, seu perfil também, assumindo um quê de verdejante. De alguma maneira, sua força tinha me possibilitado deixar Bell. Agora o interesse romântico de Bell pelo prazer parecia dócil comparado à insistência de Madison na transcendência por meio do vigor sexual. Eu gostava de como ela tratava sua sexualidade — como um corredor de maratona. O amor não importava, a resistência era tudo. Como seria viver sob aqueles padrões exigentes e distorcidos? Me lembravam dos meus próprios padrões loucos, como as dez ou doze coisas que minha mãe havia me ensinado que eram ridículas: capas protetoras, permanentes feias, aquelas moedeiras que se abrem feito boquinhas. Eu queria escapar do jugo dessas regras, porque no cerne delas estava o medo de pobreza da minha mãe.

Meus olhos voltaram a Madison, escorada no poste de luz feito uma adolescente em noite de verão. Aquela postura que por algum motivo me parecia ensaiada me lembrou de Bell no palco. A pose dela era a de alguém que fingia estar sozinha, não a de alguém que de fato sentia que estava sozinha. Talvez estivesse pensando nela própria de pé na esquina, talvez sua própria imagem lhe desse algum prazer, talvez gostasse de ser observada, sabendo que eu ou outra pessoa estava sempre à espreita. Ela bocejou, esfregou os olhos sonolenta, olhou para os dedos, fechou os olhos, mexeu a boca sem produzir som — depois franziu os lábios e soprou. Imaginei o cílio impelido pelo vento, rodopiando no ar feito um graveto num riacho.

Ela estava tão absorta, tão charmosa. O que será que ela queria, amor, dinheiro, um pouco de paz? Minha mãe me ensinara que uma mulher tinha seu valor máximo antes de fazer sexo e que sua virgindade estava misticamente conectada à sua estabilidade. Mas Madison acreditava que, quanto mais sexo uma mulher fazia, mais preciosa e poderosa ela se tornava. Não me mexi nem gritei por ela, mas ainda assim queria que Madison sentisse minha presença e gritasse por mim. Queria que dissesse meu nome, me prometesse alguma coisa. Observá-la me lembrava do Cybersex, um lugar em Leavenworth onde tvs de circuito fechado mostravam uma mulher na cama perguntando ao telespectador o que ele queria que ela fizesse.

Madison olhou quarteirão acima, à direita, depois atravessou a rua. Obviamente estava esperando alguém. Pensei em dar a volta no quarteirão, fingindo encontrá-la por acaso. Mas por algum motivo observá-la era melhor. Era dessa intimidade voyeurística que ela gostava. Voltei para a Market Street, vi o ônibus elétrico vazio para Castro vindo na minha direção. Sabia que de jeito nenhum eu dormiria naquela noite.

O ônibus soltou do cabo, parou, faíscas longas e azuis voaram pela minha janela. O motorista vestiu as luvas e saiu para conectar as hastes à trama de cabos elétricos acima. Eu sentia a eletricidade à solta esquentando minha pele, revirando meu estômago, criando uma estática formigante na minha cabeça. Tive que descer do ônibus, mesmo com o homem indiano sentado no fundo me avisando que era melhor não. Ele usava um colar de contas e tinha uma sacola parda de Mad Dog no bolso estufado do casaco. Ele me fez pensar em como o capitalismo dá mais certo nos países menos espiritualizados. Na delicatéssen mexicana da esquina, comprei uma cerveja de litro e um torrone que a moça me disse que era caseiro.

A saída estava me fazendo bem. O ar estava refrescante e às vezes eu via outro insone feito eu. Aquilo era tudo meu: as casas escuras, as ruas líquidas e as nuvens noturnas escondendo estrelas congeladas. Passei pelo Castro Theater, onde um homem tocava órgão antes de o filme começar, e pelo restaurante tailandês do outro lado da rua, onde Bell e eu sempre comíamos salada com molho quente à base de amendoim. Algumas coisas me eram familiares, mas estar ali ainda me deixava arrepiada. Os artifícios no exterior dos prédios e a decoração interna me pareciam ornamentados em excesso, até mesmo histéricos. A vitrine de uma das lojas de presentes enfatizava produtos homossexuais, uma série de cartas com homens nus e pênis de borracha com pezinhos.

Me detive: em uma janela, vi Bell em um bar, sussurrando intimidades no ouvido de outro homem. Um lagarto serpenteou por dentro do meu estômago. Eu podia matá-lo, o jeito como se aconchegava e jogava o braço frouxo por cima do pescoço do homem. Fiquei pensando se Bell preferiria sodomizar ou ser sodomizado... ou será que só gostava de chupar rola? De repente me senti tonta e me apoiei em uma parede de estuque. Queria que Bell me amasse. Uma drag queen de casaco de pele passou rápido por mim e entrou no bar ao lado. Eu a acompanhei, entrando no 500 Club. Estava mais cheio que as outras casas noturnas e não parecia tão sórdido quanto elas, com suas luminárias brilhantes em bambu. Fiquei sentada, observando os passantes. O jukebox perto de mim estava lotado de sucessos *camp* e de músicas de Judy Garland, e havia fotos enquadradas de halterofilistas penduradas nas paredes forradas de preto. Escolhi um banquinho ainda quente junto à porta e pedi um bourbon. O jovem bartender, um japonês de jeans branco justo e camisa tropical de botões, trouxe meu drinque com um sorrisinho. Havia um bando de monstros encouraçados conversando num canto. Achei que reconheci alguns de festas na casa de Pig. Homens de meia-idade assistiam a videoclipes, virando o rosto toda vez que a porta se abria. Sem contar a drag queen, eu era a única mulher no recinto.

Entrou um gordo usando jeans descolorido e uma camisa azul-bebê aberta no colarinho para exibir seu medalhão dourado do zodíaco. Tinha uma sacola de compras no braço. Um careca que ele chamou de Billy foi a seu encontro e ambos se dirigiram para o fundo do bar. O gordo tirou a calça. A pele frouxa e as meias soquete pretas me lembraram do meu avô. Ele tirou da sacola um vestido preto, e enquanto o vestia contou a Billy que na Europa as moças andavam usando vestidos pretos e flores naturais no cabelo.

"Feche o zíper", disse ele. "Quero ver o comprimento."

"Ah, de comprimento eu entendo", disse Billy e o bar inteiro deu risada.

Billy tentou fechar o zíper. Disse para o homem encolher a barriga. Tentou juntar as pontas, mas não conseguia fazer o zíper subir.

"Que pena", disse o gordo por fim. Uma saia de tafetá também não coube, e ele não conseguiu que o vestido de noiva de cetim chegasse nem ao tórax.

"Esse último teria ficado lindo em você", disse Billy, e retornou ao seu assento no bar.

"Pensei que eu caberia perfeitamente em um quarenta e seis e é uma pena, porque não vou poder devolver", disse ele, as mãos tremendo enquanto dobrava cuidadosamente a roupa para guardar na sacola.

"Não couberam?", perguntou o bartender, tentando romper o silêncio constrangedor.

"Não", disse ele. "Estou ficando gordo demais para ser menina." Ele abriu um sorriso para Billy ao passar se espremendo por uma mesa rumo ao seu lugar no balcão. Então pediu uma bebida, depois começaram a conversar sobre um homem que ambos sabiam ter um namorado, Jeffrey, que não era de confiança.

A porta se abriu de novo e entrou um anão. Ele pôs o pé no apoio do bar e pulou em um banquinho perto de mim. Todos o conheciam e o cumprimentaram. Seu nome era Hector e sua calça miúda e camisa branca o deixavam parecido com um garoto no dia de sua primeira comunhão. Pediu uma água com gás, e explicou que era porque ultimamente andava se metendo em encrencas.

Pedi uma dose dupla, botei tudo pra dentro enquanto esperava que algum homem por ali pensasse que eu era relapsa e fosse falar comigo. Quando passei os olhos pelo bar tinha um cara me olhando, mas ele desviou o rosto. Talvez eu tivesse estragado tudo, ou ele tivesse resolvido que eu era uma vadia. Ele estava lendo um livro, coisa estranha para se fazer num bar àquela hora.

Dava a impressão de que queria se destacar. Será que era gay? Me lembrava de Bell com aquela ambiguidade compenetrada. Tinha uma masculinidade bem cultivada periclitando na beira da feminilidade, o que me atraía muito. Era o tipo de homem de que Bell gostaria.

Mas talvez ele só quisesse me observar. Virou uma página do livro e tomou um gole da bebida, o gelo bateu desajeitadamente no dente, e ele me olhou de esguelha. Sorri. Ele sorriu de volta, pôs o copo na mesa e foi ao bar pedir outra bebida. Trocou um dólar por moedas para pôr uma música no jukebox. Enquanto ele examinava a seleção, eu girei meu torso ligeiramente para o lado dele, pronta para o segundo em que eu levantaria os olhos feito as prostitutas do Carmen's.

"É tudo tão cafona", disse ele, sacudindo a cabeça.

Não respondi. Ele perguntou se eu tinha uma predileta.

"'Sexual Healing'", falei.

Ele aprovou. Gostei do jeito como sua calça parecia frouxa nos quadris e de como seu cheiro lembrava framboesa. Ele parecia muito limpo com a camiseta branca e os tênis de corrida novos.

"Não quer sentar lá comigo?", perguntou ele, tímido. Fiz que sim. Ele pediu outra bebida para mim e levou a minha e a dele para a mesa. Colocou ambas na mesa, puxou a cadeira para mim e se acomodou na outra. Dei uma golada no bourbon. Ele fechou o livro — a sobrecapa plástica me preocupou — e se recostou na cadeira, endireitando as pernas de forma que as solas dos tênis roçassem meu tornozelo nu. Ele disse que seu nome era Jonathan. Sua expressão era escrutinadora, e fiquei me questionando se devia mesmo ter sentado ali.

"Então, por que resolveu vir a um lugar desses?", perguntou ele.

Não gostei do seu tom e senti que começava a ficar brava, minha voz subia enquanto eu me explicava. "Porque os homens homossexuais me fascinam. O fato de só quererem um ao outro, de considerarem o mesmo sexo um mistério." Tomei um gole do bourbon. O gosto lembrou desejo. Jonathan se endireitou na cadeira e projetou o corpo para mais perto de mim, curvou a mão aberta ao lado da bochecha e da testa, abriu mais os olhos. "Tem alguma coisa errada comigo", falei. "É difícil eu querer homens normais. Não sei por quê, talvez só me agrade mais a postura dos gays. Não gosto de bares de esporte, de boates que toquem rock nem desses héteros bombados que vejo pela rua. Além disso… por que alguém entra na toca do dragão?"

Ele deu um sorriso frouxo, com a boca molhada e entreaberta. "É melhor irmos para outro lugar", disse ele com a voz grave. "Estou vendo que você é uma garota complicada."

7

Era noite de Halloween, e na rua soavam bombinhas e berros. Eu estava lânguida na banheira, olhando o vapor subir da água quente que me circundava. O vapor subia em espirais atravessando a luz das velas. Eu tinha comprado as velas em uma loja do outro lado da rua que estava sempre cheirando a sândalo e almíscar. Ela vendia crucifixos de osso, contas coloridas de santo e estatuetas de são Francisco. A vendedora mexicana tinha óleos perfumados para atrair amor ou dinheiro, um dos quais chamado Muralha Protetora de Fogo, e um frasco menor de líquido róseo chamado Guardião, que ela dizia atrair anjos para proteger bebês. Quando eu ficara doente no ano anterior, Bell comprara um remédio especial, um pote de vidro com um líquido verde. Ele abrira o frasco, molhara os dedos e percorrera com eles minha pele febril. De repente veio o cheiro de hortelã. O elixir primeiro era frio, depois quente, feito um beijo no inverno.

Ensaboei uma toalhinha, deslizei-a pelo sulco da bunda, fazendo pressão bem dentro do ânus, depois torci bem e passei o sabonete até o pano ficar cheio de uma espuma cremosa. Deslizando a toalha pelas dobras da boceta, ensaboando os pelos, pensei em duchas e desodorantes íntimos e nas piadas que os meninos do colégio costumavam fazer sobre mulher ter cheiro de peixe. O que é que deixava todo mundo tão incomodado? As mulheres receiam que o cheiro revele sua sexualidade e as deixe vulneráveis feito cadelas no cio. Para os homens, o cheiro evocava os mistérios do corpo feminino, que eram cósmicos mas também ameaçadores.

As velas vagabundas tinham cheiro de gordura animal, respingando cera escura feito tinta na porcelana da banheira. Fiz minhas mãos, de palmas para cima, flutuarem até a superfície, os dedos enrugados rompendo a superfície. Minha mão me parecera um ente separado quando bati punheta para o homem do bar gay na noite anterior. Cada dedo tinha vontade própria e um olho na ponta. Fiquei olhando a mão trabalhar naquele pau, transformar dedos em orifício, apertando firme até que ele fechou os olhos, imaginando uma bunda do tamanho do universo. Agora a pele dos meus dedos estava frouxa e cinzenta feito a de um cadáver. O que estariam tramando? Fiquei pensando se a função do meu corpo seria diferente da função da minha mente. Pressenti a paz que a pessoa encontrava se subordinava o corpo à mente, feito um monge, ou a mente ao corpo, feito uma prostituta. Só era possível sustentar as duas coisas se estivessem separadas, e severamente, como os hemisférios direito e esquerdo do cérebro quando a fissura é rompida numa cirurgia. Minha tentativa consistia em confiar mais em meu instinto animal do que no intelectual.

Lá fora, um homem gritava algo em espanhol. *As coisas boas estão todas se acabando*, pensei, e, embora soubesse que era verdade, não tinha certeza se valia para mim ou para todos. O divórcio me dera a sensação horrível de que os dois lados de mim estavam em guerra. Sou o pior tipo de gente, atraente, estudada até demais, criada com ilusões de grandeza de classe média. Mas não sou só eu; a vida em família nos Estados Unidos é uma bosta, porque se você for inteligente, ainda que só um pouco, a pressão da família para galgar classes é martirizante. Há uma ideia louca de que o materialismo gera status. Mesmo se você avançar um tanto, o salto é interno. Você sempre será de classe média, conversando em seu celular com sua TV colorida no mudo. Nunca deveríamos ter nos retratado como deuses, na TV ou no cinema — isso estragou nossas memórias, nos fez ter anseios e cobiça, apaixonados apenas pela nossa própria imagem. E aperfeiçoou os outros: os caras mais legais que conheço são personagens de TV.

Me deixei hipnotizar pelas gotículas d'água se desprendendo da torneira. Elas retêm a luz antes de se juntarem às suas inúmeras gêmeas. Na minha visão periférica, flagro certo movimento, é a cobra. Já a vi se remexendo nas cortinas, bulindo nos lençóis.

A chuva parou e um ar quente mexicano soprava nas ruas. Passou uma menininha pintada feito uma puta, mas já estava tarde demais para menininhas. Mais à frente, do outro lado da rua, um grupo de skinheads veio para cima de mim, putos com alguma coisa. Com as mãos enterradas no fundo dos bolsos, pulavam um sobre o outro feito macacos tentando copular. Alguns usavam casacos com capuz e máscaras de hóquei nas cabeças raspadas. Outros levavam tacos de beisebol ou caixas de ovos. Vi as suásticas em seus casacos e o símbolo familiar da Fraternidade Branca. Eu estava usando uma roupa de Madison: calça boca de sino de veludo vermelho e blusa cravejada de strass, e fiquei preocupada que pudessem me amolar. O mais alto, de máscara de hóquei, batia seu taco contra o muro de tijolo. Dei meia-volta, começando a voltar por onde viera, quando ouvi um grande baque, em seguida uma explosão que parecia de chuva forte. Ele tinha espatifado a vidraça da loja de lingeries para travestis. Hipnotizado pelos sutiãs cheios de espuma e pelos saltos altos feito botas de trabalho para homens fortes, ele meteu a mão e tirou uma cinta-liga cravejada de strass. Parecia um monstro segurando um gatinho. Os skinheads estavam assustados com aqueles objetos da vitrine capazes de transformá-los com tanta facilidade. Saiu um homem do prédio ao lado usando um robe de banho todo depenado, com os olhos borrados de maquiagem.

"VIADO!", gritou um, e de repente todos tinham caído em cima dele. "Bicha, morde-fronha, soca-bosta!" Bateram a cabeça dele contra o capô de um carro estacionado. O eco metálico do capô, absorvendo a força dos punhos deles contra o corpo do homem, me deu tremores e engulhos. Aquilo teria demorado uma eternidade, mas a polícia chegou, com o giroflex ligado. Um skinhead fugiu, depois todos.

"Deus do céu", disse o homem, cambaleando. Ele pôs a mão no ponto da cabeça onde o sangue estava coagulando com cabelo. Outro homem saiu do apartamento de calça justa e salto alto. Ele ajudou o homem a chegar à porta da loja e o abraçou enquanto soluçava.

San Francisco me deixava perplexa. No começo parecia uma cidade utópica, com o céu azul, a luz mediterrânea por toda parte, palmeiras, lojas de verduras orgânicas vendendo suco de morango, crianças com casacos artesanais engraçadinhos. Mas isso era só um verniz — enganoso e cosmético. Por baixo dele havia uma história de decadência — os antros de ópio em Chinatown, os milhares de prostitutas durante a corrida do ouro, as lojas de vodu e bruxaria. Até a neblina que avançava rápido lembrava pesadelos. Havia monstros encouraçados trepando com cães e uns com os outros nos becos do SoMa e os mortos-vivos assombravam os cafés de Castro. Claro, havia hippies bonzinhos e pacíficos, mas também tinha a família Manson, o Exército Simbionês de Libertação e o teste do refresco Kool-Aid de Jim Jones. E a Califórnia é o posto avançado do conservadorismo rígido... terra natal de Nixon e Reagan. Os satanistas estão nas montanhas, entoando cânticos em latim, bebendo urina, fincando velas sobre cabeças podres de cervos. E, é claro, havia Hollywood, a capital mundial do desejo mimético.

Desde o começo do quarteirão se via o Carmen's explosivo. A cada vez que a porta se abria, a música bombava e a multidão se derramava na calçada. As janelas com cortina no andar de cima mostravam jogos de luz e sombra contínuos, o que significava que os quartos estavam ocupados. Na porta da frente tinham pregado uma foto de jornal de um acidente de avião, e sobre ela Madison desenhara olhos demoníacos e uma boca redonda gritando. Me detive um momento com os dedos na maçaneta ouvindo o pulsar da música, sabendo que Madison estaria provocando a plateia com seus quadris.

Lá dentro, esperei meus olhos se ajustarem à luz negra. Notei um movimento brusco bem à minha direita. No canto escuro ao qual só chegavam pontos de luz eletrônica, uma dançarina de strip, menina nova, estava montada num homem que sorria gulosamente para ela, com os dentes brancos rebrilhando. Ela precisava de um dinheiro extra e deixava os homens botarem o pau dentro dela. Com as mãos nos quadris dela, o homem manipulava seu corpo para cima e para baixo. Ela saiu de cima bruscamente, como se o cara tivesse acabado de dizer alguma grosseria.

Drag queens dançavam sobre o bar de minissaia e chapéu de aba larga. Madison dançava com os peitos de fora, usando short jeans curtinho. Ela untara o corpo para que reluzisse sob a luz azulada. As dançarinas de strip usavam ligas e sutiãs push-up, os homens tinham os ternos amassados, alguns usando moletom de algodão e calça de poliéster repuxada até o alto da cintura. Um deles usava uma máscara de diabo e uma gravata-borboleta que espirrava água. Passaram por mim uma mulher com um aplique gigantesco no cabelo e outra com óculos cravejados de diamantes. Lita, a bartender do começo da noite, estava de mau humor, odiava o macacão que Madison a obrigava a usar. Ela disse que um bêbado tinha beliscado o seu peito e agora doía toda vez que metia a mão no cooler para pegar um copo gelado.

Comecei a lavar os copos sujos acumulados, a ajudar Lita a servir cerveja, o tempo todo observando Madison jogar os quadris para o teto. Me ocupei abrindo cervejas, recolhendo dinheiro. Quando olhei de novo, ela já tinha sumido, e eu a imaginei na escada dos fundos, bebendo água, vestindo o robe branco.

Mas de repente ela estava ao meu lado, pendurada na ponta da escada, gritando que queria conversar comigo no banheiro. Fui atrás dela. Todo mundo estava mais bêbado do que o normal, e era um alívio passar do barulho e das gargalhadas para aquele silêncio. Ela trancou a porta, baixou o assento do vaso e sentou. Eu nunca notara que as paredes eram vermelhas ou que as pessoas haviam riscado dizeres na tinta — as letras me pareceram ossinhos... NEGÃO FODE MAIS GOSTOSO, BUCETAS SÃO DIVINAS. Alguém bateu à porta, Madison ignorou. Percebi que, por trás da maquiagem suada, ela parecia cansada. Pelos pubianos haviam se acumulado na porcelana úmida, e alguém deixara a calcinha biquíni preta enrolada num canto.

Ela esfregou os hematomas nos braços e inclinou a cabeça para trás, como se quisesse levar o jogo de luzes coloridas para baixo de suas pálpebras. Eu ficava impressionada de como ela conseguia passar dias sem dormir. De como, quando ela estava machucada, só era possível descobrir pelo movimento de suas mãos. Ela não tinha ninguém, então tampouco tinha restrições.

Ela não entendia por que deveria se preocupar por não ter namorado, marido ou filho. Onde estaria seu ponto fraco? Será que Pig teria ensinado a ela que uma pessoa podia amar outra cegamente? Ou será que Pig a desapontara, lhe mostrando como todos os que te amam precisam te controlar? Madison acha que se devastar é de algum modo um ato que afirma a vida. Ela me lembrava de um gato coberto de piche, de um lindo lagarto capaz de deixar muitas peles para trás. Então ela olhou para mim.

"Susan não veio. Quer ganhar dinheiro de verdade?"

Fiz que sim. Madison se pôs de pé, abriu a porta. Entramos no bar ruidoso cheio de rostos masculinos, numerosos e similares como feijões no saco. "Vai ser um alívio", disse ela. "Se entregue."

De dentro do quarto de Susan, eu ouvia o borbulhar dos aquários e os passos dos homens no corredor. O quarto tinha tons cintilantes embaciados como numa pintura barroca, com luminárias de vidro douradas e colcha de cetim laranja. A cinta-liga com meias negras estava no closet, como Madison tinha falado. Ajustei a cinta nos quadris e afixei cada tira no alto da meia. Abri o lacre do Wild Turkey e bebi direto do gargalo, me convencendo de que estava esperando meu marido, que subia a escada com seus sapatos pretos de banqueiro, depois de trancar a porta da nossa casa. Seus passos rangeram no nosso piso de madeira, depois soaram abafados na escadaria atapetada. Ele conversaria comigo enquanto tirava a roupa, dizendo: "Acho que devíamos comprar uns bulbos de tulipa para o jardim". Eu ouviria os cabides retinindo no closet quando ele estivesse pendurando a calça, depois sentiria o cheiro gostoso de seu corpo vindo até mim.

Ouvi uma batida tímida, do tipo que um médico usa para ver se você já vestiu a camisola descartável. Falei: "Pode entrar".

Ele era velho como meu pai, com o cabelo penteado por cima da careca feito um professor de educação física, traços irregulares e afilados como os de uma águia. Comecei a arrancar a roupa e ele veio, se sentou do outro lado da cama e se despiu. Quando perguntei o que queria, ele foi curto e grosso: "Sexo".

Ouvi-o rasgar a embalagem de camisinha e o som gosmento e elástico dela sendo colocada. Ele se virou rápido na minha direção e jogou uma perna por cima de mim, enterrando a cara no meu pescoço. Ele fez força para o pau entrar e começou uma série de investidazinhas ansiosas. Havia uma gravura de uma princesa com rosto pálido e franzido acima da cama. Notei como o sovaco dele fedia e o jeito ridículo como empinava o beiço, franzido feito um ânus. Tanto o fedor como aquela expressão dele me faziam pensar no professor com quem eu dormira na faculdade.

Os fios compridos de cabelo escorregaram de sua careca, balançando na minha cara. Ele me avisou que ia gozar e quando o fez arqueou as costas, gemendo. Relaxando o peso do corpo sobre mim, passou um tempo recuperando o fôlego, depois rolou o corpo, tirou a camisinha e a arremessou na lixeira. Enquanto se vestia, ficou me observando com uma expressão de ódio e luxúria. Me recostei na cabeceira da cama, observando-o sair, sentindo a pele da minha vagina formigar. Fiquei olhando o abajur bulboso na mesa de cabeceira, parecia que tinha alguma coisa dentro do latão dourado querendo sair. Era um abajur feio, com uma cúpula imitando camurça. Pensei em como os nazistas tinham fabricado cúpulas de abajur de pele humana.

A porta se abriu de novo, devagar, como se o homem seguinte tivesse medo de me flagrar trepando com o primeiro. Esse era gorducho e tinha uma barbicha preta.

"Empina bem a bunda", disse ele, fechando a porta depois de entrar. Fiquei de quatro, apoiei a cabeça nos braços e levantei a bunda. Ele abriu o cinto, depois a braguilha, sua calça foi parar no chão. Se ajoelhando na cama atrás de mim, disse: "Mais alto", disse ele, e fez força para o pau entrar, enfiando as unhas na carne da minha bunda. Depois de várias metidas longas e ofegantes, ele falou: "Meu irmão vai entrar aqui e botar o pau na sua boca, vai puxar seu cabelo até o pau entrar bem fundo, e você vai gemer".

"Geme", disse ele, e eu gemi. "A gente vai te comer todo dia, porque sua boceta é gostosa e apertadinha, e você gosta de dar o cu." Ele puxou com força e me disse que podia me matar se quisesse, ninguém ia ligar. Senti sua barriga frouxa apoiada sobre minha lombar feito um rato. Seu ritmo foi aumentando, e ele fez um som de pigarreio quando gozou. Ele tentou se jogar por cima de mim, para pegar nos meus peitos, mas saí de um pulo e fui ao banheiro, molhei uma toalhinha e limpei a boceta. Observei a pia límpida, a água gorgolejando no vaso, a ponta de uma toalha pendurada em um cabide junto à porta. Puxei meu cabelo todo para trás e me olhei nos olhos. *Eu ainda sou eu.* Lembrei que, depois do aborto na faculdade, fui a um psicólogo cego, que segurou minha mão, pôs os dedos ao redor do meu pulso. "Você é magra", disse ele. "Isso é um problema?" Eu gostava do fato de o único olho dele ser amarelado e lustroso feito uma lua. "Você tem sido uma menina solitária", disse ele. "Por que escolheu esse caminho tão triste?"

Madison entrou, foi até a cama e serviu bourbon num copo. Vesti minha calça boca de sino, abotoei a blusa de strass. "E aí, foi horrível?", perguntou ela. Era uma pergunta parecida com as que meu pai costumava fazer quando deixou minha mãe pela primeira vez. "Você está bem?", ele dizia, e a única resposta era sempre sim. "Das primeiras vezes é difícil", disse ela me entregando o copo. "Eles te assombram feito casos de uma noite, mas se você relaxar, a coisa flui. Fica que nem passar por gente na rua."

"Não foi tão ruim assim", falei. E parecia verdade. Assistir à surra dos skinheads tinha sido mais impactante, e uma vez que minha mãe me chamou de vadia eu até tinha chorado. Aquela sensação era muito familiar, o que acontecia comigo nunca era real. Experiências emocionais aconteciam aos outros. Eu tinha a imagem da minha mãe na cabeça, vigilante, perigosa. E eu me estendia para ela, enleada na aura de sua dor.

"Então agora você sabe como é fazer a coisa mais repulsiva para uma mulher." Ela tirou duzentos dólares do bolso e me passou. Comecei a falar... sobre como seria bom ganhar muito dinheiro. Sobre como eu ia ter meu próprio apartamento e um carro para podermos descer a Highway 1 até L.A.

O rosto de Madison ficou corado, ela olhou para dentro do copo. "Não é pelo dinheiro, é pela morte."

"Claro que é", falei. "Eu sei disso." Fiquei calada, pensando a respeito. O glitter no cabelo dela refletiu a meia-luz, e por um momento ela pareceu demoníaca.

Ela perguntou se eu andava vendo Pig.

"Não desde que comecei aqui", respondi.

Madison rosqueou a tampa na garrafa. "Conheci Pig num inferninho ao sul da Market. Se eu a deixasse pegar nos meus peitos, ela me dava vinte dólares. Uma hora me ofereceu dinheiro para ir à casa dela e andar em suas costas."

"Então você morou com ela?"

"Só depois que ela me implorou. Eu era dançarina de strip e morava com um sujeito que esculpia estátuas de mulheres peladas. Ele ficou viciado em heroína e começou a me roubar. Fui me abrigar com Pig. Não foi tão ruim até ela começar a fazer aquela cara toda vez que eu me aproximava. Uma noite, ela estava me olhando..." Madison parodiou os olhinhos sonhadores de Pig. "E percebi que, se eu dormisse com ela, ela ia pensar em mim para sempre. Então comi ela e foi tudo bem, até ela começar a gemer."

Madison deu uma gargalhada. Eu sabia que também deveria rir, mas sua postura com relação a Pig era cruel e adolescente. Uma coisa era dizer que Pig tinha se aproveitado dela, zombar de sua sexualidade era outra. Ela se dobrava de tanto rir. Eu me senti incomodada e fiquei olhando as luzes da rua se mexendo nas cortinas. Madison estava agindo feito louca, mas eu não confiava nas minhas observações porque as ripas da cadeira estavam machucando minhas costas e o tapete áspero roçava nos meus pés descalços. Meu bourbon parecia uma chama — *Fiz aquilo que mais temia... o que vai acontecer agora?*

Após o expediente, Madison me levou a um lugar em Chinatown, pouco depois da Grant Street, chamado The Buddah Bar. Banquetas altas de vinil preto e uma série arqueada de lanternas de papel piscantes circundavam o balcão. Quando o bartender viu Madison, acenou com a cabeça e fez soar uma sineta de latão presa à caixa registradora. Apareceu uma mulher magra de macacão de eletricista, usando óculos de armação redonda com lentes cor-de-rosa. Sem dizer uma palavra, ela nos levou para os fundos, descendo escadas e passando por um corredor estreito até uma porta de metal reforçada com várias trancas. Eu cambaleava, tonta... o tempo não tinha mais domínio sobre mim. Me sentia sortuda, liberta, como de fato fora, por setecentos e cinquenta mililitros de bourbon. Observei uma veia pulsar na têmpora de Madison, dei um passo para trás para poder mexer os lábios sem som, e sem que ela me visse. *Ela é louca... ela é perigosa.* Madison esmurrou a porta com a lateral do punho fechado.

"Abre aí", disse ela. "Sou eu." O olho mágico escureceu e então uma voz melodiosa, que no início pensei estar na minha própria cabeça bêbada, disse: "... Madison, querida, espere um segundo". O tom era grave, mas oscilava ligeiramente, feito o de uma mulher. Chaves tilintaram, e a primeira de uma série de trancas foi aberta.

"Habee é hermafrodita", sussurrou Madison. "Se você for legal com ele, talvez te mostre." Ela lambeu os dedos e alisou as sobrancelhas. A porta se abriu e lá estava Habee, um libanês de pijama de seda cor de café, cabelo comprido numa trança até o meio das costas. Tinha seios pequenos de adolescente e o bronzeado retinto como quem vive ao ar livre.

"Encantado", disse Habee, abrindo as mãos com um floreio e beijando Madison. "Se Madison não te falou", disse ele, se voltando para mim, "daqui para a frente tudo fica para trás."

"Essa é uma amiga minha", disse ela enquanto entrávamos. "Não é linda?"

Habee segurou meu queixo entre o polegar e o indicador, me obrigando a virar a cabeça para a direita para ver meu perfil. Então pegou minhas mãos, virou-as de um lado e do outro. Ele sacudiu a cabeça.

"Não vejo uma como ela desde que estive em Amsterdam." Ele nos levou a uma das mesas baixas no meio do salão. Fumaça adocicada pairava próximo ao teto, as paredes tinham azulejos com arabescos de mesquita, azuis e verdes, e tapetes persas acastanhados cobriam o chão. Quatro candelabros de pedestal iluminavam abundantemente o lugar. Nenhuma mobília rígida onde sentar, só almofadas e várias mesinhas baixas de madeira para narguilés. Havia sombras atrás das cortinas que dividiam o salão em compartimentos privativos e um leve cheiro de suor. Um homem de smoking estava deitado, apoiando a cabeça na mão. Seu cabelo era preto e lustroso, e quando ele sentou para me cumprimentar, beijou a minha mão.

"É melhor buscar o céu que não fazê-lo", disse ele.

"Ah, deixa de pose", disse Habee. "Você está fazendo tudo errado." O homem se levantou, se curvou, pôs um braço sobre a cabeça e o outro elegantemente estendido ao lado e saiu dando passos minúsculos na ponta dos pés até outro grupo que estava conversando junto da lareira de ladrilhos dourados, do outro lado do salão.

"O que há com Georgie?", perguntou Madison.

"Ah, você sabe, ele não gosta muito de mulher."

"Sei", disse ela, pressionando o ombro contra o meu. Eu percebia que ela estava feliz com minha presença. Ela havia me acompanhado dose por dose no Carmen's, mas só tinha ficado mais digna... mais profética. Ela tinha me dito que um dia eu ia acabar lamentando todas as noites da minha vida menos aquela. E, com o bourbon envolvendo tudo em uma bela aura de melancolia, pensei: *Ela está coberta de razão.*

Habee acendeu o ópio no fundo de vidro do narguilé e a fragrância da fumaça veio flutuando para o meu lado.

"Preciso contar para vocês", disse Habee, tirando pequenas baforadas para fazer fumaça, "sobre a viagem que acabei de fazer ao México. Fui visitar um velho amigo meu. Não tinha ideia de que ia ser tão fantástico. Ele e mais uns vinte se hospedam em cavernas na beira d'água. Passam o dia inteiro nadando e trepando. Uma mulher leva comida para eles. Ficam que nem lontras pegando sol, foi uma experiência incrível."

"Parece que você encontrou sua vocação", disse Madison, aceitando o bocal, ajustando a mangueira para a fumaça poder entrar fácil em sua boca.

"Não, minha melhor época foi no circo. Eu tinha uma roupa linda... de seda com rosas azuis. E tinha um menino que me dava flores. Juro, ele ficou obcecado por mim e esperava até tarde para me acompanhar até meu trailer." Habee pegou o bocal, soprou um pássaro de fumaça pensativo. "Enfim, era algo na linha de uma boa massagem num dia de chuva."

"Parece meio lúgubre", falei, pegando o bocal e o colocando entre os lábios. A fumaça era suave feito leite.

"É mesmo?", disse Habee, arregalando os olhos e aguardando.

"Bem." Exalei. "Você machucou ele?"

Habee sorriu e pegou o narguilé. "Te garanto que não. Mas isso me lembrou uma teoria que venho elaborando. Acho que se os homens ainda caçassem cervos ou ursos, a maioria deles estaria satisfeita com a esposa. Porque hoje em dia, sabe, tudo o que os homens têm para caçar são mulheres. É horrível para eles, a última conexão que têm com seu ancestral selvagem. Eles caçam. Eles matam."

"Matam?", perguntou Madison.

"Você sabe, no momento em que o homem goza, ele já conseguiu o que precisava para se alimentar."

Eu sentia náuseas por causa da teoria e do menininho. Estava confusa. Sabia que não havia problema com adultério, assim como com homossexualidade e prostituição, mas e quanto a incesto e gente mais velha se aproveitando de mais nova? E quanto a assassinato e canibalismo? Aquilo tudo me deixava desconfortável, porque eu me imaginava capaz de entender quase qualquer coisa. Eu sabia que condutas extremas — ódio, luxúria, dominação — podiam ser formas extremas de autopreservação, como no caso de Madison. E sabia também que Habee concordaria com Madison, que ser "bom" era coisa de gente frágil e maria vai com as outras. Ser boazinha era só um disfarce para a fraqueza. Eu também achava que podia saber o que era melhor para mim, mas fazer o contrário. Uma vez, quando estava em casa durante as férias de Natal, dormi com um antigo namorado em uma casa estranha da qual ele tinha a chave. Os lençóis cheiravam a corpos de outras pessoas. Meu amante estava melancólico, tomando cervejas, macambúzio. Aquilo me incomodava, mesmo tanto tempo depois, porque eu sabia que não era certo voltar lá toda noite para trepar e fumar na cama de um desconhecido, mas mesmo assim eu fazia isso.

Tudo ao meu redor de repente parecia suntuosamente vivo. Os padrões em cerâmica nas paredes pareciam cadeias de DNA. Madison falava de um cliente que só queria beijar. "E era um beijo tão falso", disse ela, "parecia que ele se achava um astro de cinema."

Ela virou para mim e pôs os lábios nos meus, abriu a boca e deixou a língua se remexer. Sua boca tinha gosto de melão, e senti como se nadasse em água bem morna.

"Vocês duas são uma visão espetacular", disse Habee, dando tapinhas sobre o coração.

Madison deu risada e começou a contar algo de quando era pequena. Ela tinha obrigado todas as crianças da vizinhança a receber a comunhão: vinho feito de sumagre venenoso.

Será que ela tinha mesmo sentido vontade de me beijar ou fora só para se mostrar para Habee? Até seus gestos mais íntimos eram ambíguos. Agora ela o escutava falar sobre a mãe, que nunca estava desperta, com as mãos paralisadas e xixi escorrendo no saco plástico transparente a seu lado. "É uma pena", disse ele, "que um espírito tão rico tenha se evaporado." Então Madison contou de sua mãe, que fora estuprada e assassinada num terreno atrás da mercearia do bairro, que o homem derramara fluido de isqueiro nela e tacara fogo no mato inteiro.

"Meu Deus", falei. "Não se conta uma história dessas assim."

Ambos me olharam, surpresos com o choque que a história me deu. Habee me deu um tapinha frio, virou para Madison, que contou que a polícia procurara o homem mas ele nunca fora encontrado. Observando Madison falar, percebi que sua frieza e crueldade eram formas, que só ela conhecia, de sentir com mais força do que os outros.

As sombras voltaram a se mover atrás da divisória de seda perto de nós. Um homem ofegava ritmicamente, e eu conseguia ver um quadril investindo repetidas vezes contra a bunda e as costas de alguém curvado. O som de pele batendo em pele me lembrou dos skinheads. Madison tocou meu braço e disse: "Ele aceitou te mostrar". Habee estava esperando, segurando as bandas do pijama com os dedos, me mostrando sua boceta, que era ampla e linda, com dobras e mais dobras de carne rósea. Lá de dentro veio o pau flácido, com minúsculas bolas pra acompanhar. Estranhamente, pensei na minha mãe, nela andando pela casa de anágua, me mostrando erupções nas coxas, uma espinha no seio, parecendo não haver qualquer separação entre a dor dela e a minha. Perguntei: "Alguma parte disso funciona?". Ele se inclinou para mim, seu forte cheiro de canela e o fumo doce do ópio se mesclaram e ele disse: "Aí depende do que você quer dizer".

8

Era quase alvorada. Os vermelhos, amarelos e verdes do tráfego pareciam mágicos à meia-luz azul. Saímos do bar de Habee e atravessamos Chinatown. Madison parou para bater papo com as galinhas vivas nas gaiolas da loja de aves, depois apontou para um mostruário de jade com amantes em diversas posições sexuais. Estávamos indo para uma lanchonete em Tenderloin que Madison dizia ter a melhor torrada com geleia de San Francisco. Eu sentia meu corpo leve, e os menores detalhes pareciam miraculosos: a vitrine com uma fileira de chapéus de velho, a forma elegante como Madison descartava o cigarro. O céu se iluminando me lembrava da minha infância, de antes de eu saber a diferença entre as coisas vivas e as mortas.

A lanchonete era clássica, azulejos brancos com detalhes art déco em alumínio. Um cartaz escrito à mão anunciava os especiais do café da manhã. Madison abriu a porta com um puxão. Sua exaustão se manifestava como força e agilidade. Pegamos uma mesa junto às janelas da frente. Havia umas drag queens comendo torta no balcão e um homem negro a duas mesas de nós, com um cãozinho branco sobre o colo. Eu já o vira por ali de bicicleta, levando o cachorro na cestinha. A garçonete tacou os cardápios plastificados na mesa, ficou parada com a caneta a postos sobre o bloquinho. Era magra feito um menino, seu cabelo sob a rede parecia uma coroa.

"Dois cafés da manhã especiais", disse Madison, acendendo outro cigarro, "com geleia extra."

"Como querem os ovos?", perguntou a garçonete.

"Estalados moles", disse ela, e as drag queens riram.

Madison bebia um café atrás do outro, olhando pela janela e para o vapor subindo de um bueiro. Eu inalava a fumaça dela, observando os ombros da mexicana se inclinando sobre a chapa. Madison parecia um homem com aquela insistência na camaradagem silenciosa. Bebericou o café, abriu outro pequeno recipiente plástico de creme, mais três sachês de açúcar. Havia dor em seu rosto, mas era difícil saber se era por causa da mãe. Era horrível imaginar sua mãe, vulnerável em um sumário vestido caseiro florido, sendo arrastada para trás do mercadinho. Madison organizara a vida para poder ficar perto da mãe, perto da morte. A garçonete serviu os pratos ruidosamente. Meus ovos vieram quase crus. As gemas me lembravam fluidos corporais e o cheiro do bacon era enjoativo. Afastei o prato. Madison cortou a clara em lascas com o garfo, depois pegou uma e levou à boca. Ela se concentrava inteiramente em comer, engolindo com firmeza. Farejou a torrada, esvaziou duas caixinhas de geleia em cima das fatias e mordeu. O sol já tinha nascido, rosado sobre os prédios cor de carne do outro lado da rua. Um careca entrou com uma marmita e um jornal.

"Aquela história da sua mãe é verdade?" Meus nervos estavam em frangalhos e fiquei tão nervosa de perguntar aquilo que a xícara de café tremia na minha mão. Ela ficou com raiva.

"Eu já fui como você. Andava por aí metendo o bedelho na vida de todo mundo, pensando que era a lixeira da infelicidade alheia. Tudo parecia tão triste, triste demais pra suportar."

"Você acha que compaixão é doença?"

"Todo mundo acha", disse Madison. "Eu só tento esquecer forçando meu corpo a enfrentar extremos. Você pode me achar doida, mas foi assim que me salvei."

"Já pediu ajuda a alguém?" Eu me odiei por falar como se estivesse numa merda de comercial de TV.

"Quer dizer, a Deus?" Ela gargalhou. "Sei que deveria fazer as pazes com o passado, mas não consigo. Terapia é pra gente que nem você, que tem problemas pequenos, tipo pais divorciados ou marido broxa."

"Não sei", falei. "Acho que às vezes as pessoas são capazes de se ajudar."

"Bom, você provavelmente deve acreditar na democracia também." Ela pôs a gema em cima da torrada.

O café estava martelando meus nervos. Eu queria que ela ficasse comigo. De repente senti uma solidão horrível. "Só estou tentando dizer que quero te ajudar."

"Isso eu não suporto", disse ela, largando o garfo. "Por que você não consegue ficar quieta me vendo comer?"

Fui correndo de volta para o apartamento, deitei na cama e me fingi de morta. Apaguei rápido, tive sonhos vívidos e horríveis com os mortos. Abria a boca e saíam lagartos. Sonhei que estava andando nua em Tenderloin com um bebê feito de queijo e outro do tamanho de um palito de fósforo. Para fazer o menor crescer, eu o molhei com água morna, mas ele ficou azul. Tentei amamentá-lo, e no começo foi incrível: o leite, a boquinha linda do bebê, mas aí ele virou uma lampreia preta e gorda, com longas antenas de inseto. Um homem falava espanhol no outro cômodo, sua voz se elevou até que estava gritando e abri os olhos e percebi que era o telefone tocando.

"Finalmente", disse minha mãe quando atendi. "Por onde andou?"

"Comecei num emprego novo a noite passada."

"De garçonete?", perguntou ela.

"Sim", menti.

"Ganhou bastante dinheiro?"

"Sim", falei.

"Que bom", disse ela. "Talvez dê para comprar umas roupas novas." Aninhei o fone no ombro e fechei a cortina contra o dia que clareava. "Te liguei porque ouvi umas histórias inacreditáveis numa festa ontem à noite. Você lembra do Timmy Rollins? O que largou a faculdade e começou a trabalhar como zelador noturno naquele prédio de seguros enorme na rodovia? Semana passada, ele encontrou a namorada com outro, daí quebrou a mandíbula dela e arrancou metade do cabelo dela."

"Meu Deus!", falei.

"E você se lembra da June?"

"Aquela dos suéteres felpudos?"

"Essa mesma. Bom, ela estava limpando o aparelho de vídeo e encontrou uma fita que não conhecia, daí colocou lá dentro, e lá estava o marido fazendo sexo com uma moça mais nova."

"Não pode ser", falei, imaginando a mulher de penhoar assistindo ao marido com uma mulher muito parecida com ela, só que dez anos mais nova. Com a tela da tv zumbindo.

"Vou te contar", continuou minha mãe, "alguém devia escrever um livro sobre o verdadeiro caráter do homem."

"A menina que o Timmy espancou está bem?", perguntei.

"Você só tem uma chance na vida, e para as mulheres essa chance vem cedo. Quando você vê, a época das vacas gordas já passou." Não respondi. Eu ficava com raiva por ela odiar os homens mas às vezes, ainda assim, ficar do lado deles. Ela queria acreditar, mesmo que papai a tivesse deixado, que o patriarcado cuidaria dela.

Eu estava pensando em Madison, percebendo como era parecida com minha mãe, ambas acreditando que o ódio alimentava. Também tinham um senso de desgraça iminente muito apurado e estavam convencidas de que era algo insolúvel, convencidas de que a única forma de mitigar sua dor era passá-la adiante.

"Você às vezes finge que está morta?", perguntei a ela.

"Jesse, por que essa pergunta tão mórbida?"

"Porque estou exausta", falei.

Ela pigarreou. "Você só tem uma mãe."

"E eu só tenho uma vida."

"Você chama brincar de casinha de vida?"

"Depois te ligo", falei.

"Você tem que ir?", perguntou ela.

"Sim", falei e desliguei.

Quando eu pensava nas roupas caras sob medida que ela usara quando adolescente, ainda guardadas na embalagem na cômoda, ou no programa de TV sobre uma mulher que trabalhava fora a que ela assistia fielmente quando éramos pequenos, sentia uma empatia dilacerante. Mas ao telefone suas histórias semióticas sempre continham uma maldição direcionada a mim, e aquilo era tudo o que eu podia fazer para me proteger. Além disso, eu ainda me sentia responsável por papai tê-la largado, especialmente porque era difícil fingir que ela, ou na verdade qualquer pessoa, era fácil de amar.

Rolei para ficar de bruços, encaixei os braços pouco abaixo dos ossos do quadril e pus as mãos em concha sobre a boceta — uma posição em que me colocava desde que era bebê. Através da cama, ouvia a voz de uma chinesa abaixo de mim e, acima, os passos dos namorados despertando, os pés leves da mulher na cozinha, o homem no chuveiro. Imaginei minha mãe vindo até mim. Ela deitava sobre meu corpo e começava a oscilar os quadris. Havia algo tão familiar em lhe dar prazer, algo que eu tinha passado a vida inteira tentando fazer.

Na noite seguinte entrei pelos fundos no Carmen's, vi Madison aguardando no alto da escada. A escadaria estava mal iluminada, e eu gostei de sua postura sacerdotal, usando as mesmas roupas da noite passada. Conforme fui me aproximando, notei que ela estava chapada.

"A serpente me enganou e eu comi", disse ela. Senti um incômodo. Sempre que passava um tempo, parecia que ela esquecia o estado da nossa relação. "Estou com um taradão lá em cima", disse ela, um tanto entediada. "Ele gosta de plateia."

"É só pra ver?"

Madison fez que sim.

"Tá bom." Fui atrás, seu aroma rico feito sangue menstrual. Eu estava curiosa, ainda não tinha sentido o delicioso barato da perversidade. Havia um homem sentado na cama — era mais novo do que eu imaginara, com cabelo loiro-claro e traços miúdos e perversos. De gravata-borboleta e terno caro, parecia deslocado feito uma ave de caça no quarto espacial de Madison.

"Pensei que tivesse te mandado tirar a roupa", disse Madison, sem olhar para o homem, enquanto me servia um dedo de bourbon num copo azul.

O homem descalçou o sapato, depois tirou a meia puxando e a dobrou no interior do mocassim. Retirou o outro sapato, baixou a outra meia, depositou a meia dentro do outro sapato. Suas mãos tremiam quando juntou os dois sapatos perto da cama. Ele abriu o zíper da calça, tirou uma perna por vez, dobrou-as cuidadosamente e colocou as calças sobre os sapatos. Então desamarrou a gravata-borboleta e tirou a camisa, até estar parado só de samba-canção florida, tremendo, ansioso e contente.

"Isso também", disse Madison, firme. Ele tirou a cueca com um puxão, dobrou-a e pôs sobre a pilha. Sua pele se arrepiara, e ele olhava para ela ardoroso, aguardando instruções.

"De quatro na cama", ordenou ela.

Ele se dobrou na ponta da cama. Abriu as nádegas de forma que eu podia ver seu ânus, os pelos escuros e encaracolados ao redor. Virei o bourbon, com meus órgãos incandescentes feito um aquecedor. Será que aquela era a ideia de Madison de intimidade, eu contemplando o cu daquele sujeito?

Ela se sentou à penteadeira, tirou um cortador de unhas e aparou a do polegar, muito branca. O homem arfou. Madison passou para a outra mão, e a cada unha cortada o homem gemia. Ela tirou uma das botas go-go, apoiou o pé na cadeira e cortou as unhas do pé.

"Essa mulher aqui", disse ela, "vai contar tudo de você pros seus filhinhos."

Meu rosto se contraiu. Mesmo sem o homem dizer nada, entendi que ela o excitara. Agora que eu sabia um pouco sobre seu passado, Madison não tinha deixado de ser um enigma. Ela queria fugir de sua própria consciência na pele de outro, mas me deixava incomodada que não fosse sexo o que ela considerava excitante, mas a ideia do mal. Madison preferia a narrativa, o "aí eu faço isso", à realidade. Ela considerava a narrativa sexual sagrada e assim conseguia se desembaraçar do ato.

Ela tirou a outra bota, com um forte estalo da unha grossa de seu dedão do pé e cliques menores conforme ia cortando as unhas de tamanho decrescente. Ela recolocou cada bota no lugar e fechou o zíper. Abriu uma gaveta e tirou uma luva de borracha. Puxou-a para cobrir a mão e soltou-a com um estalo junto do cotovelo. Pegou um tubo de lubrificante e espremeu um pouco sobre a luva, espalhando até deixar a borracha brilhando. Ela deixou dois dedos bem retos e aplicou uma gota nas pontas. Quando o homem a ouviu ficar de pé, suspirou e abriu ainda mais as nádegas. Dava pra ver seu pau duro espreitando por entre a barriga e a cama.

Madison sentou junto dele e deslizou devagar dois dedos para dentro do ânus. Inseriu um terceiro dedo, movimentando-os até a base. As pernas do homem oscilavam suavemente. Com um lento movimento contínuo de vaivém, ela enfiou a mão inteira lá dentro, depois o pulso, o antebraço. Ela fechou o punho e o homem ofegou profundamente. Suas costas se arquearam, seu ânus rosa esticado do tamanho de uma boca. Madison entrava e saía com o braço, parecendo fascinada pela forma como a luva de borracha desaparecia no cu do homem. Ela socava vigorosamente, o homem levantou a cabeça, arfando. Com o braço metido até o cotovelo, ela flexionou o bíceps e agarrou o intestino dele. O homem fez uma série de sons vocálicos. Depois um "Ahhhhhhhhh" áspero que subiu agudo feito o grito de um gato. Os lábios de Madison se abriram em um muxoxo de desprezo, e eu via os músculos de seu pescoço se repuxando e envergando. Ele remexia braços e pernas descontroladamente, feito um inseto atravessado por um alfinete.

"Madison", gritei por instinto. Ela olhou para mim, mas seus olhos estavam mortiços. Ela tinha ido para longe de mim, para longe do homem, do quarto e do Carmen's, para longe de San Francisco também. Madison estava no terreno atrás da mercearia observando as chamas. Logo voltou a olhar para baixo, colocando um braço ao redor da cintura do homem para segurá-lo bem apertado. Ela sabia que pais não tinham que demonstrar afeto por seus filhos, que mães podiam ser estupradas feito colegiais, que os relacionamentos das pessoas eram sinistros, violentos, até mortíferos. Ele berrava, os olhos saltando das órbitas enquanto sacudia a cabeça de um lado para o outro. "Madison", gritei de novo, mas agora ela estava concentrada, chegando com seus dedos perto do coração dele. *Ela quer o coração dele*, pensei, *porque não tem um*. Saí correndo do quarto, desci as escadas e cheguei à rua.

Eu estava indo para o Black Rose encontrar Bell. Ver a Madison metendo aquele punho me fez perceber que Bell nunca me tratara como uma amante. Ele morava comigo para apaziguar a dor do pai morto, e eu ficava com ele porque sua indiferença afetuosa era exatamente o tipo de sinal confuso que costumava receber da minha mãe. Fiquei pensando se Bell sentia minha falta. Vou contar a ele que me prostituí porque ele rejeitou meu corpo — não apenas a superfície, mas seu desejo em geral. Vou contar a ele que existe mais força nos momentos baixos do que nos poderosos. Vou dizer: "Bell, tem algo de centrado no desespero". Mas ele ficaria decepcionado por eu ter saído da casa de Madison, diria que eu era fascista por pensar que o sexo heterossexual era o único cosmicamente correto, que se trata de um ato que afirma a vida sempre que um corpo adentra outro.

Bell estava sentado no canto do Black Rose, em uma divisória de couro vermelho. Ele estava diferente, com o cabelo sujo repartido para o lado e o forro do casaco rasgado pendurado para fora, feito um farrapo. Quando me viu, agarrou minha mão e beijou a palma intensamente.

"Estava certo de que você tinha morrido", disse ele, me puxando para o outro lado da mesa. Ele cheirava a fumaça velha e suor de cerveja. "Você tem que voltar."

Eu me desvencilhei e me recostei. "Não posso fazer isso."

"Você não está entendendo." Ele me olhou no olho, sua pele estava biliosa, inchada. "Tenho medo de estar ficando maluco."

Balancei a cabeça. "Vim aqui te dizer que o único motivo para a gente estar junto era você achar que seu pai teria gostado de mim." Ele mal ouviu.

"Ah, Jesse, as coisas estão muito piores que isso. Não consigo dormir. Sinto que, se conseguir, alguém vai me aprontar uma, só faço pensar no coitado do meu pai. Estava justamente me lembrando da vez em que prometi levá-lo ao teatro. Ele veio porque era minha primeira peça de longa temporada. A gente combinou de se ver duas da tarde e eu cheguei um pouco adiantado, sentei do outro lado da rua para esperar, bebi cerveja numa lanchonete. Ele apareceu, ficou lá na frente. Só observei. Ele estava ridículo com aqueles braços gordos e a camisa listrada de rúgbi. Achei que ele estava empolgado demais e que eu ficaria com vergonha. Ele tentou abrir a porta trancada do teatro várias vezes. O mais horrível é que eu me deleitei nisso."

"Não foi nada legal da sua parte, mas agora você não pode mais fazer nada", falei. "Ele morreu."

Bell fez que não com a cabeça. "Mas ele era tão bom comigo, e eu fazia coisas horríveis. No Dia dos Pais, a gente tomou um café da manhã especial. Minha mãe comprou um bolo de café e me obrigou a arrumar um presente. Ele ficou felicíssimo, tocou no meu braço, aí abriu a caixa e viu uma gravata velha e manchada que eu tinha encontrado no lixo do vizinho. Meu pai pôs a gravata, sorriu, me beijou e terminou de tomar o café."

"Bell", falei, "para de se torturar."

"Não consigo, simplesmente não consigo parar de pensar em incidentes que me dão náusea." Ele olhou para o interior do copo de gim e começou a dobrar seu guardanapo em quadrados cada vez menores. O bartender passou por nós com lenha comprada em loja e jogou na lareira. Não emitia calor, e suas chamas eram verdes e roxas, como um hematoma.

"Quando ele morreu eu vi um demônio, peludo, como um morcego, sair de dentro da sua boca." Os olhos de Bell se fecharam e lágrimas lhe pingaram pelos cílios, descendo a bochecha.

Coloquei minha mão na dele, apertando. Ele abriu os olhos úmidos e disse: "Você não entende que eu já estou no inferno". Ele se levantou e foi ao banheiro.

Um homem no bar me olhava fixamente. Tinha o rosto largo e usava uma jaqueta de couro que se ajustava nos pulsos com zíperes. Ele estreitava os olhos para mim. Fiquei nervosa, pensando se seria um cliente do Carmen's. Tive quase certeza de que não. Havia algo atraente nele que me dizia que não pagava por sexo.

O homem veio até mim. "Então", disse ele, e foram o cheiro úmido de estufa e os seus dedos gorduchos e calosos que me fizeram perceber que era o desconhecido do quarto de Madison.

Bell voltou, sentou em seu lugar na mesa. "Amigo seu?", perguntou.

Não consegui pensar em nada para dizer e, além disso, todo o ar do lugar parecia ter desaparecido. "Vá embora, por favor", falei, mecanicamente.

"Por que está dando trela pra esse viado?", disse o desconhecido.

"O quê?" O rosto de Bell corou enquanto olhava do homem para mim. O desconhecido tomou um gole do meu copo. Bell se levantou do banco, mas o desconhecido o empurrou de volta para a mesa.

"Sabe", disse ele, "minha função é contar pra bichinhas do seu tipo os segredos das namoradas."

"E qual é a verdade sobre você?", perguntou Bell. "Você tenta seduzir colegiais no ônibus, tem herpes, ou trepou com a mãe?"

"Seu merdinha." Ele agarrou Bell, arrancando-o da mesa, levou-o para a parede de tijolos expostos e levantou o braço. Bell arregalou os olhos. O bartender bradou: "Nada de briga aqui no Rose, caralho". Depois, ele já estava em cima do desconhecido, segurando-o, dizendo-lhe que se não fosse civilizado ia expulsá--lo na porrada.

Bell se aborreceu, falou que ia me esperar lá fora e foi rápido até a porta.

Fiquei observando o desconhecido, que olhava feio para o bartender retornando ao balcão. "Foi Madison quem te disse que eu estava esperando no quarto dela?", perguntei.

O desconhecido fez que sim, segurou meu pulso. "Deixe a porta aberta", disse ele. "Um dia desses eu passo lá."

Quando Bell me viu saindo do Black Rose, virou a cabeça. Estava esperando junto a uma porta, fumando um cigarro. Tudo estava horrível, mas sempre estivera, e eu sentia alívio: a pressão para manter as coisas *bem* tinha acabado. Quando me aproximei, ele deixou cair o cigarro e o esmagou com o sapato.

"Não vou conseguir pensar em mais nada que não seja seus quadris delicados trepando com aquela coisa."

Nervosa, dedilhei a lapela de seu casaco. "É mais fácil do que pensar em nós dois juntos levando uma vidinha normal."

Ele não respondeu e caímos num silêncio seco. Lembrei de um dia em que andamos até o lago com cisnes do Golden Gate Park, do momento em que ele tocou meu cabelo durante uma revoada de pássaros e eu levantei os olhos para fitar seu rosto.

9

Passei pelo Museu da Tatuagem, pelo Sexplosion e pelo Lusty Lady. Na esquina da Eddy com a Taylor, um homem de cadeira de rodas vendia rosas de papel que acendiam no meio. E um pouco mais à frente, um homem de agasalho de corrida com um bebê nos ombros tentou me vender um bilhete de transferência de ônibus. O vento forte soprava lixo pela rua e havia um viciado magrelo de calça boca de sino de cotelê fumando crack em uma porta. Me meti em uma delicatéssen árabe e comprei um litro de cerveja, fiquei de pé em frente à loja de vídeos pornô observando as luminárias azuis de lava nas janelas de cima do Carmen's. Bebi descuidadamente, pensando que isso excitaria os homens que papeavam ali na frente. Parecia correto beber cerveja, com um olho nas luminárias de lava e outro no pornô soft que passava na tela. Procurei meu reflexo, mas não tinha nada ali. Com frio, puxei as mangas da camisa sobre os pulsos. Não chegou a me surpreender de verdade Madison ter mandado o estranho para me comer. Ela não acreditava em igualdade, ela me manipulava como a uma escrava. Sua filosofia era sedutoramente perigosa.

Eu levara meus pais demais ao pé da letra, porque agora era claro que eu não era princesa coisa nenhuma. Minhas emoções eram complicadas, mas em nada melhores do que as das putas do Carmen's. Mentirosos me atraíam porque eu também era uma. Eu era como todas as mulheres que têm grande fidelidade a suas lembranças e aos seus delírios.

O litro vazio fez um som oco e rascante quando o apoiei contra a parede de tijolos. Entrei pela porta dos fundos no Carmen's, subi a escadaria na penumbra. Os aquários pareciam mais altos do que o normal e a luz negra deixava roxo o tapete branco. Entre lampejos de luz estroboscópica, Susan dançava em sua vitrine. Subi direto os degraus em espiral que levavam ao quarto de Madison. Ela estava sentada à penteadeira, com a cabeça jogada para a frente. Primeiro pensei que estava rezando, mas aí vi a seringa e o tubo de borracha atrás dela. Ela dormia e eu me aproximei, vi que as raízes do seu cabelo espalhado eram de um loiro sujo e que as veias de seu braço estavam machucadas. Ela levantou a cabeça e eu recuei.

"Sempre sei quando alguém está me observando", disse ela.

"Esbarrei no cara que você mandou lá em casa me comer."

"E daí?" Madison sentou ereta, deu uma risada incômoda.

"Vai se foder, Madison! Você podia muito bem ter me estuprado pessoalmente."

"Que drama é esse? Você já passou do auge, todo homem com quem trepar já comeu e vai comer mais alguém."

Precisei de toda a minha força de vontade para não dar na cara dela. "Não acredito que você ache que ser puta ajude."

"A mim ajuda", disse ela, se jogando na cama.

"Você é doente", falei.

"Relações significativas flutuam entre duas coisas, convenções e sentimentalismo."

"Um simples desconhecido não pode significar mais do que quem se ama ou alguém da família."

"É por isso mesmo… Significam para *Deus* e significam para mim… Isso é bobagem", disse ela. "Venha aqui. Quer que eu diga que você *significa* algo pra mim?"

Quando não respondi, ela disse: "Você é tão previsível". Ela desabotoou a blusa, me mostrou os seios pálidos, os mamilos duros com piercings. "Vou te comover com um incidente da minha infância triste, contar do meu pai que me estuprou, da minha mãe assassinada… talvez aí você me beije." Ela puxou a blusa de um dos ombros e seus seios se arrepiaram. "Você quer que sua vida seja um filme", disse ela. "É por isso que não vem até mim… porque não é perfeito o suficiente. Para você, tudo estraga antes mesmo de começar. Quer que eu diga que te amo?", perguntou ela.

Ainda assim não fui até ela e isso a enraiveceu, ela estalou a mandíbula.

"Você vai ver", disse ela. "Relacionamentos são como estampas de papel de parede, você acha que está avançando mas está sempre presa nas suas obsessões."

"Você já está morta", falei para ela. Não tive intenção de dizer aquilo, mas até que soou como verdade.

Ela saltou da cama e voou para cima de mim, me perseguindo escada abaixo. "Sei o que você está pensando!", gritou ela. "Some daqui com essa sua palhaçada de amor verdadeiro!"

Pig estava sentada na poltrona vitoriana carmim da sala, com cartas de tarô postas sobre a mesa de centro de mármore. Parecia muito bem-composta em seu enorme traje de gabardina e com a peruca rosada. Suas pulseiras chacoalhavam.

"Eu sabia lá no fundo que você voltaria." Com um tapinha, ela apontou o lugar a seu lado no sofá para eu sentar. O calor corporal de Pig era como o de um radiador. Me aproximei e ela me envolveu com o braço. "Não dá pra você expor seus sentimentos desse jeito, querida", disse Pig, "a não ser que tenha a casca grossa. Nem todo mundo é tão bom em se apaixonar quanto você." Ela apertou minha cabeça contra o peito e alisou meu cabelo. "Uma vez conheci um homem num café, lendo poesia proletária. Ele tinha um olhar sonhador muito sedutor. Me contou logo de saída que a mãe tinha morrido de ataque cardíaco fazia pouco tempo, que uma vez matara um homem com o carro sem querer e que namorava uma puta. Suas pupilas estavam dilatadas, e ele tinha queloides em relevo no braço. Levou seu vinho tinto para minha mesa e me contou que um menininho tinha encontrado um bebê morto na floresta. O garoto pensara que era um anjo, porque a mãozinha azul dele estava segurando apertado uma pena branca. O que estou dizendo", falou Pig, "é que o horror está em toda parte, é a regra, não a exceção. A vida é uma doença." Pig fez uma pausa, seu hálito tinha cheiro de gaultéria, ela alçou sua perna gorda delicadamente, mas a bateu na mesa de centro. "Depois de tantos corações partidos e tanto sangue derramado — decidi que é melhor me apoiar nas memórias. Vou peneirando as minhas, refinando elas até ficarem feito joias em uma bolsa de veludo preto."

Me afastei dela. "Assim elas viram mentiras."

Pig era assustadora. Seus reflexos emocionais eram flácidos, sem foco, de forma que ela se fiava em emoções do passado.

Pig olhou para mim, alarmada. "Você me acha uma mentirosa?" Fez-se um longo silêncio, do tipo que ocorre quando se fica sem nada a dizer ou se é pega de surpresa. Quando ela voltou a falar, foi devagar, e ela não olhou para mim. "A piedade é uma emoção tão estranha. Uma vez que a sentimos, a repulsa nunca está muito longe e também certa necessidade de deixar perfeitamente claro que o objeto da piedade está separado por completo de quem se apieda. Isso é feito especialmente com acusações moralistas desse tipo que você acabou de usar contra mim. Esse pedantismo", disse ela alto, e bateu o pé. "Uma coisa eu te digo: fiquei com um homem na casa de veraneio da minha mãe e não mudei uma vez os lençóis. Para minha mãe, isso significava que eu não a amava, e que meus homens eram mais importantes para mim do que ela." Pig bebericou seu vinho. "É claro que ela estava certa. O sexo é uma espécie de alquimia. É a única coisa fora a morte que, se usada direito, pode mudar tudo, como aquela primeira noite com Madison, está tudo na minha cabeça como um sonho lindo. Eu me lembro da pele dela. A textura me fez pensar que eu não ia morrer nunca." Ela olhou pela janela para o terreno enlameado atrás da casa.

Eu não nutria nenhuma simpatia pelo lirismo tagarela de Pig, porque me sentia feito uma ratazana numa lata de lixo. Nunca haveria paz. Meu pai, ao deixar minha mãe, envenenara minhas memórias de infância. É por isso que a ideia de Madison sobre membros da mesma família não terem qualquer propósito preordenado um para com os outros me agradava. Minha família se estilhaçara como se houvéssemos nos juntado para fazer um filme.

Fiquei feliz por ter despejado meu eu poluído na memória de Bell, porque ele confundia a necessidade de agradar ao pai moribundo com paixão por mim. Nosso relacionamento, como todos os românticos, tinha sido matéria-prima para a família.

"A Madison é uma puta", falei. "E eu também."

A cor desapareceu do rosto de Pig. "Certo", falou ela, assentindo. Com o rosto se contorcendo.

"Você queria que ela estivesse casada e com filho, morando num rancho?"

Ela me olhou nos olhos, para minhas mãos, para a posição dos meus ombros, tentando descobrir por que eu tinha sabotado suas lembranças de Madison. Pig sacudiu suas monstruosas pernas e se dobrou para a frente para se levantar.

"Traga meu casaco", disse ela. "Vamos sair."

No táxi, Pig fingiu não estar surpresa com a falta de casas na vizinhança, com os terrenos de lama se estendendo até a água. Ainda que eu a tivesse visto contrair o rosto ao passarmos por um homem de agasalho cinza com capuz deitado num colchonete sujo. Perto do Carmen's, os arranha-céus tão próximos do carro e os movimentos bruscos dos táxis pareceram assustar Pig. Ela tentou puxar conversa com o motorista: música latina, como era sedutora, como o flamenco era a dança mais sensual. Mas ele só fazia que sim e olhava pelo retrovisor como se não entendesse inglês. Na Polk Street, Pig apontou pela janela, boquiaberta. "Não é Bell?"

Era ele, de pé perto do Black Rose, em seu casaco sujo, conversando com um rapaz esquisito.

"Quem é esse que está com ele?" Ela tocou no meu braço.

"Não sei", falei e torci o corpo na direção da porta: não queria conversar sobre Bell.

Chegando ao Carmen's, paguei o taxista e ajudei Pig a sair do banco de trás. Seus olhos ainda não haviam se ajustado à luz externa, e ela dava pisadas inseguras e estreitava os olhos enquanto íamos andando até a entrada. Lá dentro, ela pareceu relaxar imediatamente: a penumbra, as fileiras e fileiras de bebida. Sentamos nas banquetas do balcão. Era cedo, de forma que o lugar estava vazio. As dançarinas de strip bebiam na outra ponta, e a música disco era supérflua como decoração de Natal depois do Ano-Novo. Pedimos vinho tinto, e ela sorriu ao ver a taça alta e fina. Não falamos nada por algum tempo, ela se ocupava em absorver a decoração do lugar: os murais de luz negra, o balcão metálico. Eu também me preocupava, tentando decidir por que concordara em levá-la ali. Não ia só magoar Pig ainda mais? Seria maldade? Eu torcia para que Pig e Madison se transformassem em mim e em minha mãe, que dissessem coisas honestas uma à outra. Toda vez que a porta da frente se abria, ela ficava tensa.

"O que você vai dizer para ela?", perguntei.

"Que eu a amo", disse ela. "É tudo o que quero dizer." Pig parecia uma mãe, no sentido de que aquilo que percebia como um amor simples implicava uma batelada de complicações. "Quando você ama uma mulher, você ama a si própria, e é terrível, sabe, como parece perfeitamente possível engolir a outra. Com um homem, você quer se unir, quer que suas costelas se liguem feito um par de algemas. Mas, com uma mulher, se você a engolir, ela se torna você."

"A Madison é a principal?", perguntei.

"Bem, sim e não, teve a Claudine, uma mocinha negra francesa. Ela praticava um travestismo sofisticado. Uma vez, voltando de uma festa a pé, ela foi fazer xixi num beco e, quando voltou, eu só conseguia enxergar o smoking dela flutuando na minha direção."

As dançarinas davam risadinhas na ponta do bar. Estavam imaginando quem seria Pig e por que eu estava com ela.

"Elas têm filhos?", perguntou Pig, indicando-as com um gesto.

"Algumas sim."

"Acho absurda a ideia de se reproduzir." Ela sentia insegurança, mas a disfarçava com indignação. O que estava pensando exatamente eu não sabia, mas desconfiava que girava em torno de alguma ideia insana sobre maternidade. Talvez sua obsessão por Madison estivesse ancorada em um anseio biológico.

Pig pediu outra taça de vinho. Suas bochechas coraram e seus dedos gorduchos se enrodilharam ao redor da bebida. Um pouco de base se acumulava nas reentrâncias de seu nariz. "Mas Madison é uma pessoa única, parece mais um lobo preso no corpo de uma mulher. Nunca vou esquecer como uma vez, bêbada de saquê, muito tarde da noite e com chuva, a décima noite chovendo forte, Madison disse que era Deus desferindo socos, que não aguentava mais e ia confessar tudo para mim. Ela me contou que em Paris ela tinha enfiado sua filha morta em uma lixeira, embrulhada em plástico transparente. Ela se chamava Elaina e usava um minúsculo anel de esmeralda. E passou a noite inteira como doida, trepando com vários homens e depois torrando a grana em bebida. De manhã cedo ela estava andando em um bairro calmo. Os prédios de pedra cinzenta estavam molhados, água pingava das grades pretas trabalhadas. À frente, ela viu uma senhora de idade de capa de chuva usando um chapeuzinho esquisito. Madison disse que ela foi possuída por uma espécie de raiva cega. Aquela velha tinha sobrevivido, sua própria vida condenava a de Madison. Correu até ela, sentou em seu tórax e cortou sua garganta. Ficou olhando a mulher, a saia retorcida, o pescoço cortado grosseiramente com canivete. Madison disse que os olhos da mulher eram totalmente incolores."

"Madison matou uma pessoa?" Aquilo não deveria me surpreender, mas surpreendia. Era o desfecho lógico de tudo o que eu sabia sobre Madison, mas era difícil de acreditar, tendo vindo de Pig. Verdadeiro ou não, aquilo maculou todas as minhas ideias ou lembranças a seu respeito.

Pig fez que sim. "Então, você vê, de certa forma isso a torna especial." Pig observou a bartender se inclinar sobre o cooler.

"Ainda guardo todas as cartas de amor antigas dela em caixas de cetim. Quando as leio, fico chateada." Pig parou de falar abruptamente ao ver Madison atrás de mim, que havia entrado no bar pelos fundos. "Querida", Pig gritou para ela, erguendo-se na banqueta.

Madison não ficou surpresa. "Gorda como sempre, hein, Pig?", disse ela, vindo na nossa direção.

Pig corou. "Queria conversar com você sobre umas coisas."

Madison assentiu e apontou para fora do bar. A intimidade entre elas me surpreendeu. Madison tinha certo respeito por Pig. Ou talvez no Carmen's tratasse todo mundo como cliente. Pedi outra bebida, pensando que as pessoas eram coisas diferentes para pessoas diferentes. Talvez fosse àquilo que eu estivesse resistindo? Me chateava que meus amores sempre tivessem antigos amores. Eu queria pureza nas minhas relações. Mas Bell tinha saudade de Kevin e meu pai se casara de novo. A história de Adão e Eva tem menos a ver com o mal do que com a tristeza cósmica humana de que relacionamentos nunca são totalmente francos, nunca são puros o suficiente.

Pela janela eu via a calçada cintilante e Pig cruzando os braços sobre os seios enquanto Madison lhe passava um sermão. Pensei em todas as coisas que eu gostaria de dizer à minha mãe — que eu a amava, mas queria que não fosse tão carente, tão deprimida, tão infeliz. E que me sentia responsável por sua infelicidade, que era sufocante. Pig pôs o braço no ombro de Madison e olhou para o chão enquanto falava. Elas se pareciam genericamente, como todas as mulheres que tiveram uma vida dura. Madison se inclinou para perto de Pig, depois se afastou e disse algo malcriado. Pig balançou a cabeça. Suas posturas diferentes lembravam vários relacionamentos: mãe e filha, irmãs, marido e mulher. Ninguém sabia o que se passava entre duas pessoas exceto por elas próprias. Pensei em Bell e resolvi ir embora dali. Aquele lugar era tão constante como os planetas, e me senti ainda pior sabendo daquilo.

Ambas olharam para mim quando a porta se abriu e falei que estava indo. Pig me implorou para ficar, mas Madison disse: "Foda-se, pode ir". Me virei, percebendo como eu tinha soado magoada. De fato me sentia excluída por elas, mas não importava. Nunca entenderia o que se passava entre as duas, o que as ligava, o que as separava. Era tão impossível quanto segurar nas mãos um coração batendo.

O telefone estava tocando quando cheguei em casa, e eu sabia antes de atender que era minha mãe.

"Seu pai", começou ela assim que falei alô, "disse que não vai mais me mandar cheques. Acha que sou uma sanguessuga."

"Talvez ele esteja sem grana. Não dá pra tirar leite de pedra."

"Foi exatamente o que ele disse. Você é igualzinha a ele. Me lembro da vez em que encontrei umas cartas sem abrir no seu dormitório na faculdade. Ele costumava não abrir cartas de gente de quem ele não gostava."

"Mãe, a gente já falou disso mil vezes. Ele é meu pai."

"Mas ele é mau, não aguento mais isso. Ele vai embora, você vai embora. Parece que minha família sofreu um bombardeio. Para quem é forte, tudo bem, mas não para quem é como eu. Não sou tão sofisticada." Ela ficou quieta, e eu percebi pelo jeito como sorvia o ar que tentava não chorar. "Ultimamente, não tenho sentido vontade de viver."

Eu resistia a ela, por causa de sua infância difícil, de seu pai alcoólatra. Muitas vezes era melodramática, sempre tentando me convencer de um desastre iminente e inevitável. "Sei como você se sente", falei.

"Sabe mesmo?", perguntou ela. "Entende mesmo? Meu pai era um bêbado, esquecia onde tinha largado o carro pelo menos uma vez por semana. Uma vez teve uma úlcera de frio por desmaiar na rua. Jesse, casei com seu pai porque pensei que teria uma vida confortável garantida. Um pastor ia ser meu provedor, seria gentil, honesto. Mas ele me traiu e me humilhou", gritava ela. "Não aguento mais ficar presa nessa cidade para a qual seu pai me arrastou. Quando ele vai ter o que merece?"

"Mãe", falei, "sinto muito que você se sinta assim."

"Não preciso disso." Agora ela estava furiosa. "Você é cúmplice, você e seu pai conversando sobre poesia, fazendo caminhadas, você naquele shortinho minúsculo. Sei o que ele estava tentando fazer, e você adorava a atenção. Adorava roubar ele de mim."

"Eu era adolescente."

"Você me magoou tanto", disse ela. Percebi, de forma clara, mais definida, o quanto ela estava destruída. Fiquei com raiva de mim, de ela ter que me oferecer sua jugular, feito um cão submisso, antes de eu poder sentir qualquer coisa por ela. "Puta que pariu", agora ela guinchava. "Estou sozinha pra caralho." Ela nunca falava palavrão, e esse fato isolado, mais do que qualquer outra coisa que tivesse dito, me perturbou muito. Eu via como o divórcio só fazia cimentar os padrões de uma família disfuncional, institucionalizar e canonizar a doença, garantir um lugar para ela para todo o sempre. A compaixão me inundou com tanta intensidade que fiquei até tonta.

"Vou para casa", falei, "se é isso que você quer."

"Desculpe", disse ela. "É que é demais para mim."

"Você quer que eu vá para casa? Eu vou."

"Não", disse ela. "De que ia adiantar?" Minha mãe começou a chorar e me disse que tinha que ir, que ligaria de novo mais tarde, quando se sentisse melhor. "Não sou só eu, é todo mundo", disse ela, e desligou.

Coloquei delicadamente o fone no gancho. Iluminado pela luz imunda da rua, meu quarto parecia sem graça. Era nu como um quarto de hotel e até as coisas que o destacavam — o baiacu pontiagudo, a pintura cubista, os cravos mortos no vaso junto à cama — pareciam perigosas. Me deitei e senti uma espécie de ansiedade insípida que sugeria a depressão por vir no dia seguinte. Fechei os olhos, pensei: *Jesus, Bell e Kevin*. O convite de casamento jazia na mesa de cabeceira. Era tradicional, com caligrafia preta em relevo, um envelope pequeno e pedacinhos de papel de seda. O casamento era em Los Angeles, no dia seguinte, às cinco. Fui à janela. Uma puta mexicana saiu do hotel do outro lado da rua. Os traços de Kevin me vieram à mente.

10

Subi a escada sem fazer ruído e encostei o ouvido na porta de Bell. Se sua respiração estivesse regular, seu semblante, calmo, eu lhe diria que iria ao casamento de Kevin. O rádio estava ligado num programa de entrevistas sobre as chances de guerra. Divisei palavras gravadas na madeira. Alisei as letras, fechei os olhos, pensei em Bell fazendo amor com o homenzinho. Me desequilibrei um pouco, bati a cabeça. Bell abaixou o rádio e disse: "Quem é?", em tom assustado.

"Sou eu, abre a porta." Ouvi-o ir ao banheiro, abrir o baú de remédios, fazer uma pausa, fechá-lo, depois percorrer o corredor até a porta. Bell abriu a tranca. Ele sorriu ao me ver.

"Por que a cara séria, Jesse?", perguntou. Ele estava usando o quimono de seda, com um dos braços todo encolhido para dentro, como se estivesse torcido. A pele ao redor de seus olhos estava cinzenta e engordurada por ter usado rímel e tê-lo removido com vaselina.

"E aí?", perguntou ele. "Desistiu?"

Quando fiz que sim, ficou tão aliviado que seu rosto se desanuviou e ele exalou de alívio. Me levou pelo corredor como se eu fosse uma criança, o tempo inteiro mantendo o ombro ereto e o braço apertado contra o flanco. O apartamento cheirava a alho e cera derretida, e vi a enorme estátua de cimento de Jesus para quintais sobre a mesa preta, com velas acesas a seu redor.

"Fazendo uma sessão espírita?", perguntei.

Bell não respondeu. Sentou-se à mesa, vasculhando uma caixa cheia de sementes, selecionando um pacote de girassóis, depois um de zínias, lendo as instruções miúdas no verso. Um jornal em chinês estava espalhado por todo o piso e afixado com fita adesiva às paredes. Não havia lugar para eu sentar. As molas do sofá estavam expostas. Olhei para o closet e o futon amarrotado.

"Ah, beleza", disse Bell, então separou um pacote de sementes de glória-da-manhã azul. Rasgou a parte de cima e chacoalhou o conteúdo dentro da boca, depois tomou uma golada da garrafa de meio litro de gim. "Resolvi que vou cultivar um jardim no meu estômago."

"Seu coração vai pensar que encontrou uma alma gêmea", falei.

Bell sorriu, olhou por cima da minha cabeça. Seus olhos focalizavam os minúsculos caracteres chineses e seus lábios se moviam como se ele fosse capaz de lê-los. Sua testa se enrugou e ele se inclinou para perto de mim, fechando sua mão fria sobre meu pulso. As chamas da vela se mostravam em ambos os seus olhos, e me lembrei de quando brincávamos dizendo que ele era o diabo. Ele meneou a cabeça sinalizando para eu me aproximar e sussurrou: "Deixe seus planos em segredo por enquanto". Fiquei alarmada, incerta se devia admitir que meu carro alugado estava esperando lá fora, que eu estava ansiosa para cair na estrada, ansiosa para finalmente conhecer Kevin. Mas ele não prosseguiu, simplesmente olhou para a rua como se lá fosse ver alguém capaz de salvar sua vida. A luminária no chão projetava uma luz patética sobre ele. Bell levantou, seu quimono se abriu e ele me perguntou se eu aceitava uma bebida. Seu corpo nu parecia amarelo e inchado, com um fino filme de suor que cheirava a bagas de zimbro. Estava bebendo fazia dias. Contemplei a textura de suas bolas, sua fragilidade sempre me assustara. Me parecia que os homens eram hostis e maldosos para proteger aquele ponto vulnerável, e não para celebrar seus paus duros. Ele entrou na cozinha, abriu a geladeira. Os cubos de gelo caíram na pia e no chão.

"Quero que você pare com essa autocomiseração."

Ele se virou de repente, e mesmo na penumbra da cozinha enxerguei seu rosto se encher de dor. "Eu matei meu pai", falou ele, com o braço machucado encolhido, como se tivesse a função de mantê-lo de pé. "Ele queria cortar o cabelo. Então minha mãe o levou ao barbeiro na cidade. Ele insistiu que ela saísse, queria ficar a sós com os homens. Quando ela voltou, ele estava esperando do lado de fora, tremendo. Os homens mexeram com ele, dizendo que seu filho era viado." Ele continuou de boca aberta, levantando as sobrancelhas, como se dissesse *não é incrível?, eu matei meu pai.*

"Ainda assim não é sua culpa."

"É sim!", disse ele, estreitando os olhos, tentando me ver como uma lembrança de anos atrás. Ele queria ser o responsável pela morte do pai. Preferia se refestelar em uma angústia trágica do que em sua vida mundana normal. Isso me lembrou de minha própria melancolia a respeito do divórcio dos meus pais. Poucas semanas antes ele talvez tivesse me convencido de que era algo nobre, mas agora não. O pai de Bell estava morto e ele não via Kevin há dez anos e era ridículo ele estar daquele jeito. Levantei, fui até a cozinha às escuras, joguei os braços em volta do seu pescoço e tentei acomodá-lo ao meu corpo. Mas ele se afastou bruscamente, estendeu a mão sob o braço rígido e retirou um ovo sarapintado de tamanho médio. "Vou chocá-lo", disse, andando até a mesa e segurando o ovo próximo da chama da vela. "Esse tom roxo quer dizer que agora não falta muito", disse ele, enfiando o ovo de novo sob o braço, comprimindo o cotovelo contra o flanco. "Existe algo mais delicado que um ovo?", ele perguntou, sorrindo.

"Sim", falei. "Relacionamentos."

Bell me olhou de uma forma ausente que me deu certeza de que era hora de ir embora. "A gente devia se casar", disse ele. "Meu pai ia te adorar."

O carro alugado tinha um painel com luz verde cálida. O interior tinha o cheiro imortal do plástico. O motor era silencioso e parecia que era mais minha mente nos impelindo para a frente do que os cilindros explodindo gasolina. Os faróis deixavam as pessoas na rua momentaneamente transparentes, e aquela imagem de um rosto sumindo como que da memória me fez pensar em Bell e em quão pouco uma pessoa é capaz de ajudar outra. Tentei convencê-lo de que não era o responsável pela morte do pai e lhe mostrar alguma possibilidade de futuro. Mas o único futuro pelo qual eu me dispunha a trabalhar era um futuro juntos. Eu só conseguiria salvá-lo através de seu compromisso comigo. E Bell era gay, ou ao menos ambivalente o bastante para tornar a ideia de casamento ridícula. Mas, mesmo que eu fosse homem, como costumava desejar tantas vezes, não conseguiria impedi-lo de se afundar. Era aquilo que ele queria. Eu sabia pelo jeito como segurava o cigarro, como olhava friamente para além do meu rosto ao falar, para o outro mundo.

Eu me sentia culpada. Se o amara de verdade algum dia, deveria ter ficado por perto. Mas eu não conseguia decidir se a atitude mais forte era abandoná-lo ou ficar para ajudar. Me lembrei do rosto da minha mãe, inchado de chorar depois que papai foi embora. Ela tomou minhas mãos nas dela e disse: "Me prometa que, se algum dia você for maltratada, você vai embora". Eu só queria que todas as suas loucas juras e conselhos não viessem tanto à minha mente. Mas era mais do que isso — eu estava cheia de Bell e Madison e Pig e de San Francisco inteira, cheia de ser legal, acolhedora, de levar numa boa, de apaziguar as pessoas. Comecei a pensar em vermes numa ferida supurada. Pensei em trair gente que me amava, em mijo e merda misturados num vaso entupido. Percebi que, se eu soubesse exatamente o que queria, talvez deixasse de ser tão educadinha, e era por isso que precisava falar com Kevin. Mas o que sabia ele das minhas ideias malucas sobre amor e família — intensificadas pelo divórcio dos meus pais e por minha própria vida de infidelidades? Pensei na história tão contada por minha mãe sobre procurar meu pai na cama e ele dizer: "Não vem passar vergonha". Será que era certo jogar a culpa de tudo neles, no divórcio? Mesmo quando criança eu era insegura e cheia de subterfúgios. Sempre precisei de uma enorme quantidade de atenção e muitas vezes fingia estar doente ou ser burra para obtê-la. Eu tinha sido atriz desde pequena e não havia vivido a vida correta desde o começo.

Eu segurava o volante com tanta força que minhas juntas se esbranquiçavam e uma dor irradiava para minha palma. Acelerei, mesmerizada pelas luzes traseiras vermelhas. Entendi de forma atávica a ideia de assassinato, como a frustração, a fúria e a dor podiam levar a uma catarse momentânea pela realização de algum ato terrível. Dei a seta, fui passando para a faixa central, o tique-tique e o pisca-pisca me hipnotizaram. Me perguntei se estava indo a L.A. matar o Kevin.

Senti seus longos dedos entrando em meu crânio. A equação era a seguinte: Bell + Kevin e Jesse + Bell = Jesse vs. Kevin.

Pensar nele se achegando a mim, naquele primeiro cheiro intenso de seu corpo. Imaginei-o saindo discretamente da festa para me encontrar em um hotel, ele com uma garrafa de champanhe sob o smoking, eu com um pedaço de seu bolo de casamento metido na boca. Enquanto ele baixava minha calcinha, diria que adorava a ideia de trair a esposa no dia do casamento, que era uma atitude intensa e verdadeira. Tentei pensar na vez em que Kevin e Bell estiveram juntos em Chinatown no Ano-Novo: lanternas, o comprido dragão de papel ziguezagueando pela rua, as bombinhas. Bell me falou que depois tinham ido beber alguma coisa num bar gay. Ele roçara a mão no pau de Kevin, ambos rindo e corando feito crianças.

A estrada se estreitava depois da Half Moon Bay, e a quantidade de casas começava a ficar irregular. O mar era negro e as montanhas, azuis sob a lua. Ocasionalmente, eu via um rancho baixo no estilo californiano, todo escuro exceto pelo brilho de uma TV azul. Os Estados Unidos são como são, pensei, por causa das coisas que fazemos juntos. A estrada me tranquilizava, a água passando lentamente, como um cafuné no cabelo. Liguei o rádio, mas só encontrei homens conversando sobre a probabilidade de guerra e um programa de entrevistas religioso. Um homem e uma mulher conversavam sobre educação antiaids, como o material educativo era um manual passo a passo para a homossexualidade, e como agora o celibato era a única resposta.

Pensei no Pacífico, nos siris e nos peixes que habitavam suas águas. O Atlântico parecia sujo, até mesmo minguado em comparação. Quando cheguei à Califórnia, ela me parecia uma utopia clichê onde as pessoas tomavam vitaminas sem fim, conversavam com gurus, curandeiros espirituais, herboristas, aceitavam o carma como uma realidade. Eu detestava aquela superioridade espiritual e não ligava muito para se Nostradamus estava certo ou errado ou que um terremoto pudesse fazer hippies, surfistas, astros de cinema e direitistas serem engolidos pelo mar. Imaginei os resquícios do desastre aparecendo na costa de Nevada: chapéus de crochê, roupas tie-dye, skates, badulaques. Mas ali, mais próxima da terra, eu percebia que a Costa Oeste equilibrava a Leste.

Pouco antes de Monterey, meus faróis iluminaram uma moça andando rápido pelo acostamento de terra. Ela usava camiseta e jeans apertados e esfregava as mãos nos braços nus. Era tão nova, fiquei imaginando o que estaria fazendo fora de casa àquela hora. Desacelerei, mas ela não olhou para mim. Parecia de mau humor, como se tivesse brigado com um namorado. Havia faróis no meu retrovisor, de forma que acelerei e segui adiante. Seu cabelo curto e seu caminhar emburrado e sensual me lembravam das meninas que eu admirava no segundo grau, aquelas que fizeram tudo primeiro. Pelo retrovisor, vi o carro parar, o motorista era um homem mais velho. Quando ela entrou, a curvatura empinada dos seus quadris me disse que ele não era pai dela. Eles me ultrapassaram com facilidade. Ela se achegava a ele, cabelo ao vento.

A rodovia para Monterey descambou num shopping a céu aberto. Era tarde demais para qualquer loja estar aberta. Na parte principal havia lojas de presentes, daquelas meio chiques, que vendiam arte feita com cortiça e aquarelas emolduradas. Descendo a rua ficava o aquário, e tudo o que sobrara da Cannery Row. Havia muitos lugares vendendo camisetas, alguns antiquários, uma loja de pipas, uma de sinos de vento. Havia um McDonald's, um Taco Bell e um restaurante chamado The Grapes of Wrath... como todos os lugares especiais dos Estados Unidos, aquele havia sido estragado pela gentrificação.

Pouco depois do povoado começou a chover, então resolvi parar em um pequeno hotel que vi no penhasco à minha esquerda. Dirigi até lá, estacionei meu carro ao lado de uma van Volkswagen — o único outro carro do estacionamento. A chuva tinha ficado mais forte, batendo no chão e em mim enquanto eu corria para a recepção. As luzes fluorescentes zumbiam, e o som abafado da chuva era aconchegante, me deixando feliz por ter parado. O lugar tinha o aroma íntimo de suor e curry e era decadente, com sofás de couro rachado e um balde próximo ao balcão aparando uma melodia de pingos do teto manchado. Ouvi um ruído na parte de trás e simultaneamente um indiano afastou as cortinas com contas que separavam a parte de trás daquela em que eu estava. Ele parecia sonolento, e seu cabelo lustroso arrepiado na nuca lembrava um pássaro. Estava descalço e sua calça marrom e sua camiseta branca estavam amarrotadas. Vi a esposa dele na fresta da cortina, enrodilhada na cama, o cabelo comprido esparramado sobre o travesseiro. Ela usava um ponto vermelho na testa e a imaginei de sári dourado, num dia azul californiano, coando folhas da piscina externa com uma longa vara. O homem apontou para um cartaz escrito à mão sob o vidro do balcão. Entreguei-lhe vinte dólares e ele me deu a chave de um quarto.

Lá fora, fiquei parada debaixo do toldo, as nuvens deixando o céu com um tom roxo-acinzentado e o vento soprando chuva em meu rosto. Estava frio e andei até meu quarto. A cortina do número 8 estava ligeiramente aberta e a TV ligada. Divisei um homem e uma mulher em uma das camas de casal. Um padrão de luzes e sombras mostrou a cabeça da mulher aninhada no cabelo do homem, seu braço jogado por trás, tocando sua cintura. A cortina do meu quarto estava fechada, mas enxerguei o suficiente para ver a TV ligada. Aquilo me assustou e comecei a voltar para a recepção, mas as luzes tinham se apagado e eu sabia que o homem voltara a dormir com a esposa.

Abri rapidamente minha porta, olhei embaixo de cada cama e atrás da cortina do banheiro. O linóleo do piso estava se enrolando nas pontas e a banheira tinha uma película de gordura. O tapete do dormitório era vermelho forte e salpicado de uma constelação de queimaduras de cigarro. Não havia janelas nos fundos, apenas um ar-condicionado velho se projetando da parede revestida. Acima das camas havia quadros de navios-fantasma, e perto da TV, uma mesa de madeira prensada e uma cômoda combinando. A TV estava sem som. O lugar me fazia lembrar um filme pornô, com aquela cama vermelha e a iluminação lúgubre. O rosto ansioso do locutor da TV falava enfaticamente, depois a imagem mudou para um vídeo de uma mãe ajudando os filhos a colocar máscaras antigás. Me atirei na cama, e com as pontas dos dedos massageei os músculos tensos do pescoço. A mulher na TV vedou a porta com fita isolante e colocou uma cobertura plástica sobre o berço do bebê. O locutor falou sem som e depois mostraram a capital inimiga, bombas explodindo sobre seus domos e torres em forma de cebola. Me obriguei a imaginar aquelas pessoas que estavam morrendo, a forma como seus corpos ficariam retorcidos, os sons nas ruas. O horror. A TV mostrou vislumbres de aviões negros e mísseis brancos e imagens granuladas de uma bomba batendo no alvo feito num video game. Um gato do lado de fora começou a chorar. Fechei os olhos, mas só conseguia ver os faróis do meu espelho retrovisor. Afastei a coberta da cama, tirei a camisa, abri o sutiã, mas deixei a calça, e me cobri com a colcha. Beijei o travesseiro e o aconcheguei no meu peito feito um namorado.

Não conseguia dormir e acabei pensando em todos os homens da minha vida. Eu não fora lá muito boa moça, mas não tivera nada a ver com sexo, e sim com mentiras. Com todo homem eu agia do mesmo jeito, feito um ritual. Começava aludindo à nossa vida poucos anos depois, então dez, então vinte. Fazia piadas sobre os nomes dos nossos filhos, dizia que ele seria um homem serelepe aos oitenta. A coisa ia avançando, falávamos de comprar uma casa, abrir uma conta conjunta. Certa vez, quando fiquei grávida, guardei segredo, depois abortei. Às vezes, alguém novo me induzia a romper a relação tão rápida e absolutamente que o sujeito ficava tonto, até chocado, como se eu fosse demente. Um homem invadiu meu apartamento e leu meus diários, arrancou o fundo de todas as minhas calcinhas. Outro me seguiu do outro lado do país, aparecendo com flores e um carro novo e me implorando para fugir. Mas eu já estava com outra pessoa, já lhe contara minhas tristes histórias de infância. "A gente não criaria um filho assim", eu dizia. Para mim, um relacionamento não era possível a menos que terminasse em casamento e filhos e para sempre. Meu coração batia furiosamente, envolvi meu peito com a mão, pressionei meus dedos contra o tórax para poder sentir meu coração inchar na minha palma. A mulher do quarto vizinho falava e me imaginei aninhada entre os amantes, no ponto entre sua barriga quente e suas costas macias, na treliça de sua espinha. Era tão confortável ali que logo adormeci.

Um motor de carro me acordou no mais profundo da noite. Fui à janela, vi as luzes traseiras da van, os namorados contornando o penhasco para chegar à rodovia. A TV agora mostrava faixas verticais radiantes. Vi meu corpo sob sua luz, minha pele estava mais frouxa do que eu me lembrava. Parecia incrível eu ter sido um bebê, que meu corpo pudesse ter filhos, que um dia eu seria velha e que um dia eu estaria morta. Desliguei a TV, lembrando a sensação de estar entre os amantes, percebi quão preciosos eram dois corpos quentes lado a lado.

De manhã, me pareceu loucura estar fazendo aquela peregrinação e por volta das dez, quando vi a van Volkswagen dos namorados estacionada no acostamento gramado, resolvi parar, estacionar, e fiquei sentada lá dentro um minuto. Montes de água cor de musgo se moviam sem parar em direção ao litoral. Quando as ondas quebravam e ralentavam, eu enxergava algas negras dentro delas como no meu peso de papel de vidro com a rosa dentro. Caminhei pelo longo gramado, descendo a rampa rochosa até chegar à água.

Ajoelhei junto a uma poça deixada pela maré. Havia estrelas-do-mar grudadas no fundo, radiantes em tons de roxo e fúcsia. Peguei uma de uma pedra e fiquei surpresa com sua textura carnuda. Também havia ouriços-do-mar e uma alga luminescente. Quando me estiquei para tocar aqueles fios escorregadios, vi os namorados agarrados. Paralisada de surpresa, desviando o olhar, eu parecia uma corça torcendo para que a incompreensão e a inércia a tornassem invisível. Uma vez eu estava com um rapaz na beira de um rio quando os faróis de um carro relampejaram na água e iluminaram meu corpo. Era uma equação feminina familiar, a entrega logo virou vergonha.

Meu pé resvalou vários passos adiante nas pedras escorregadias. Ela estava por cima com as duas mãos no chão, então eu só conseguia ver as pernas do homem estremecendo e a bunda dela cavalgando. A intensidade deles me deixou consciente do sangue correndo pelas minhas veias e da geometria dos meus ossos. As ondas pareciam longínquas como o oceano ouvido dentro de uma concha. Como era sinistra a forma como eu fora atrás deles.

A mulher virou a cabeça e me viu. Seus olhos eram de obsidiana e os lábios, azulados e diáfanos feito uma concha. Ela voltou a olhar para seu amado, se abaixou junto a seu peito e lhe deu um longo beijo de boca aberta. Os amantes pareciam uma parte natural da cena. Aquilo me mostrou como eu me tornara aberrante. A sensação me aterrorizou e voltei correndo até o carro, manobrei cantando pneu e saí dirigindo para L.A.

11

Na entrada de Los Angeles parei em um posto de gasolina, comprei um mapa e perguntei ao mecânico se poderia me mostrar como chegar até a igreja. Ele desenhou uma sinuosa cobra azul que se esgueirava como eu agora pelos cânions. De ambos os lados erigiam-se casas de um andar cheias de vidro, com adendos feito braços robóticos se projetando de trás. Os quintais eram milimetricamente agigantados, voluptuosos, com palmeirinhas e buganvílias. A igreja ficava num beco sem saída com vista para uma rodovia. Era um complexo espalhado, de um só andar, com pistas de boliche e academia de ginástica. Na parede mais próxima de mim havia um mosaico: o Jesus de L.A., cabelo ao vento, lábios entreabertos. Lá embaixo a rodovia zunia, e mesmo com o céu azul a luz parecia empoeirada e de um amarelo acastanhado, deixando a igreja com uma aparência árida e radioativa.

Eu não dormira muito na noite anterior, e ainda faltavam muitas horas para o casamento, então amarfanhei o casaco e me deitei no banco da frente. Primeiro pensei no casal de namorados. A morte, de fato ou metafórica, era a conclusão lógica para a maioria dos casos de amor. A única alternativa era uma espécie de unificação permanente, e era por isso que eu tinha que conversar com Kevin. Pensei naqueles subúrbios de L.A... na injeção de dinheiro e confiança de Hollywood aplicada bem no seu braço... a rodovia me ninava, soava feito água, feito chuva. Me lembrei de quando era criança, do buraco do meu quintal. Havia água no fundo e eu me agachava bem na beirada, ouvindo os ecos chapinhantes, observando a luz bater na água como num espelho negro. Ouvi um motor de carro dando partida em algum lugar do complexo. Minha cabeça vagueava, flutuava como um pedaço de papel para uma montanha onde eu costumava andar de trenó. Eu estava com um vestido de formatura verde, que conhecia de uma foto da minha mãe com um garoto chamado John, da Academia de West Point. Minha mãe queria ter casado com aquele garoto. Minha avó contou que quando ele ouviu que ela estava namorando sério outra pessoa, ele viajou no meio do semestre para visitá-la e os dois ficaram sentados na varanda. John disse a ela que não fazia questão de criar os filhos no catolicismo, que as crianças poderiam ser protestantes, mas que os dois deviam se casar. "Já está tudo certo", disse minha mãe. "Vou me casar com um pastor." O tafetá irritava minha axila, e eu estava no Dolores Park, na colina sobre as quadras de tênis. Lá embaixo, via minha casa na Virgínia, minha mãe na janela da frente, tudo escuro exceto pela luz azul da TV delineando sua combinação e suas pernas carnudas dobradas sob o corpo. Comecei a correr, esperando que o vento me levasse. Isso parecia perfeitamente possível. O cheiro da grama estava em toda parte e o de madeira queimada também, e dos meus dois lados o mundo era uma fita verde serrilhada. Meus pés mal começavam a levitar quando vi um pastor de cabelos brancos usando terno preto e colarinho clerical. Em vez da Bíblia, ele segurava uma revista

Playboy. Levantei de novo, ouvi os carros na estrada, mexi o ombro que estava ficando com mau jeito. Falou o pastor: "O amor é um achado raro, quase vão e antinatural hoje em dia. Está associado ao prazer, mas não desconhece a dor". Seu rosto inteiro afundou e peguei em sua mão e fiquei surpresa porque minha mão não era de uma adulta, e sim de uma criança de cinco anos. Ele me disse que o ciúme na verdade era o gêmeo obscuro do dever, que ele era tão ciumento que vasculhava a roupa suja, procurando manchas de esperma na roupa íntima da esposa. Entramos numa floresta de pinheiros, as agulhas cor de ferrugem estalando sob nossos pés e as perenifólias balouçando como campos de feno. "E perdoai aqueles que pecaram, que caíram em concupiscência, que deram falso testemunho", disse o pastor e então me olhou. Suas órbitas estavam ocas; eu via através de sua cabeça as árvores verdejantes. Eu amava o homem porque sabia que ele tinha no coração uma capelinha, e de repente eu estava lá dentro. A atmosfera estava úmida, e atrás do vitral eu via sangue se movendo em correntes feito água. No altar estavam uma noiva e seu noivo. Mesmo por trás pareciam familiares, eram meus pais, corados, estupidamente felizes. Um comboio de caminhões na estrada lá embaixo fez meu carro tremer e eu acordei. Havia um órgão tocando e quando levantei a cabeça vi o sol se pondo, e que eu estava cercada de carros, que a noiva estava com o pai logo atrás das portas abertas. Ela estava linda em seu vestido creme de cetim, a luz cintilando as contas da cauda. O pai, um homem magro e compacto que me fez lembrar um general, deu-lhe o braço. O volume da música aumentou e eles entraram na igreja. Pensei na voz da minha mãe dizendo que eu me atraía pelo mesmo tipo de vagabundo que meu pai era: "Você também vai ser largada aos quarenta e cinco". Observei a última fração de renda branca entrar na igreja e um par de mãos se estenderem para fora e puxar as duas portas, fechando-as.

* * *

Ultrapassei carros a cem por hora, buzinei sem motivo, gritei com um cara que tentou me ultrapassar. Pensei na vez em que um médico me sugerira ácido bórico para a candidíase, a mesma substância que eu usava para matar baratas no meu apartamento. Me perdi, entrei em West Hollywood, depois na Sunset Strip. Fumava cigarros um atrás do outro, acendendo cada um na bituca do outro, com uma sensação de vadiagem canina que me deixava com vontade de fazer uma loucura qualquer, e faria mesmo: invadiria uma recepção, jogaria na cara do noivo seu passado homossexual — perguntaria feito uma criança sobre o *amor*. Estava escuro, embora eu ainda conseguisse ver os complexos de estúdios recuados, iluminados de baixo para cima e cercados por treliças de arame farpado. A área ao redor era uma breguice sem fim de restaurantes, lojinhas e comércios variados, todos alegando ser o point das estrelas.

Ziguezagueei por ruas laterais, vi homens jogando gravetos numa fogueira de lata de lixo. Malandros usando colares de contas se aglomeravam nas esquinas em agasalhos de nylon. Para entrar em algumas gangues era preciso matar alguém, e eu me lembrei do louco na faculdade que se ofereceu para matar alguém por mim. Ele disse que não seria assassinato porque a pessoa seria um sacrifício. Quantas vezes minha mãe tinha dito que tinha sacrificado sua vida por mim? E que eu havia me alimentado dela, reforçado meu amor-próprio segundo a sua infelicidade? Meu pai se fortalecia ao aviltá-la também — fazendo comentários grosseiros sobre seu peso, dizendo que ia trocá-la por duas de vinte anos. Quando falou isso, estávamos todos na sala de TV, o cheiro dos hambúrgueres com queijo ainda pairava no ar após o jantar. Ninguém ganhava poder emocional sem que outra pessoa perdesse um pouco.

Consegui encontrar a estrada de novo e rumei para Beverly Hills. As luzes traseiras vermelhas me fizeram devanear e pensei na ponta incandescente do cigarro de Bell e me perguntei se ele estaria olhando seu ovo para conferir se o pintinho estava chocando. Ou estaria usando a camisa de gabardina do pai, o cabelo para trás com gel, um leve lápis de olho, fumando lentamente um cigarro de cravo, antecipando o salão dos fundos do White Swallow. Madison era mais fácil. Estaria apagada, esparramada em sua coberta peluda, a bartender lá embaixo verificando o estoque de cerveja, espanando o pó das garrafas de destilado. Madison ouve o borbulhar da água dos aquários, sonha que é uma sereia, mas aí se lembra de que às oito vem um homem que gosta que caguem nele, e às nove um que finge que ela é sua filha. Ela imagina se será verdade até hoje que as mulheres foram feitas para o prazer alheio.

Consegui chegar em Beverly Hills, com concessionárias da Mercedes e da Porsche plantadas a cada esquina, cercadas de palmeiras e flores. Gente bronzeada vestida em tom pastel radiava na escuridão. Seria a luz suave? A arquitetura modernista? A própria atmosfera, fortemente aromatizada pela poluição? O que será que deixava L.A. com cara de foto retocada, como um estúdio com atores à espera de que o diretor gritasse "Corta"?

O hotel era um prédio de estuque cor de creme coberto por telhas vermelhas. Mistura de mexicano com hollywoodiano, estilo Zorro. Estacionei o carro sobre o asfalto limpo ao lado de disciplinados canteiros de flores. A lua estava perfeitamente pela metade, como se cortada à lâmina. Do lado de dentro da porta havia uma lareira a gás com um tronco de cerâmica cuspindo chamas para o alto. Segui as placas para chegar ao salão lá atrás e entrei na festa. Os noivos e padrinhos não estavam, mas o salão estava cheio de homens e mulheres de terno e vestido de gala, sentados em mesas redondas. Um lustre estilo Velho Oeste feito de várias rodas de carroça pairava sobre eles. Mulheres de uniforme preto e branco entravam com bandejas prateadas de comida e as deixavam sobre uma mesa comprida na frente, próxima ao bolo branco de múltiplos andares. O bartender despejava baldes de gelo em seu cooler. Ele era magro, com crânio em forma de cápsula e acne que parecia assadura de fralda. Andei até lá e pedi um bourbon duplo, ouvi um casal conversando: ela dizia que o cérebro dele estava no pau. Levei a bebida de volta para minha mesa, a toalha branca parecendo dura aos meus dedos e as rosas no centro tão belas que pareciam falsas.

Observei um par de moças de vestido sedoso e sapato de couro macio percorrendo a mesa dos aperitivos. Riam, confiantes de que o ritual inteiro seria repetido para elas. Sua inclusão natural fez com que eu me sentisse a bruxa no batizado da Bela Adormecida. Mas eu não podia ir embora. Pensar no baiacu suspenso na casa de Madison girando lentamente à luz da rua, e em Bell desmaiado sobre a cama, e também nos namorados da estrada, na fenda rosa da bunda dela, nos músculos pulsando nas coxas cabeludas dele... Minha mão tremia. Pensei em falar com Kevin, a única pessoa que poderia salvar Bell. Mas mesmo que Kevin concordasse em ir comigo, o que não faria — eu nem seria capaz de pedir —, de que adiantaria? Talvez primeiro Bell adquirisse um pouco de esperança, mas no fim Kevin iria embora e Bell ficaria sozinho de novo e pior ainda, porque, tal como Pig, sua lembrança mais preciosa teria se distorcido.

Voltei para o bar. Estava mais cheio; de pé atrás de um homem de terno risca de giz, senti o cheiro de sua loção pós-barba de limão, seu cheiro de cigarro velho. Homens cheiram a mundo, a rua. Mulheres cheiram ao doméstico, a jardim, especiarias. As mais selvagens, a almíscar animal ou ópio. Quando chegou minha vez, pedi dois bourbons duplos. O bartender olhou para minha cara, falei que um era para um amigo. Enquanto voltava, fiquei observando o bourbon carcomer os cubos de gelo. Minha vista estava borrada nas bordas. Me sentei; um casal mais velho estava sentado à minha frente. A mulher roliça empinava os peitos na direção do marido minúsculo, que me lembrava de comida desidratada. Colhi uma rosa do centro de mesa e a coloquei no meu cabelo. A mulher me observava, desconfiada do meu jeans com tênis cano alto, mas eu não estava nem aí. Tudo estava entrando nos conformes, parecia engraçado e correto. Os ventiladores de teto tinham alguma coisa a ver com o sentido da vida. Um murmúrio percorreu a multidão, depois aplausos dispersos. A noiva entrou no salão segurando a barra do vestido com as duas mãos. Ela parou numa mesa de senhoras de cabelo azulado. Kevin estava atrás dela, não havia como confundir aqueles olhos, do mesmo azul invernal dos de Bell, e seu cabelo castanho-claro batia no ombro e estava muito limpo, como o de uma menina. Kevin se dirigiu a uma mesa de rapazes de ternos bem cortados e gravatas coloridas. Um disse alguma coisa sobre uma bola de ferro no pé, e todos deram risada. Comecei a levantar, tentei acenar para ele, mas lá estava o olhar da senhora e percebi que era uma ideia de bêbada. De repente fiquei tímida. Como era ser tão amada assim? Juntos eles foram para sua mesa, padrinhos e damas de honra logo atrás e, entre muitas brincadeiras e risos, todos se sentaram. Um homem, parecido com Kevin, talvez um irmão, abriu uma garrafa de champanhe.

As mulheres entraram com bandejas de comida mais fundas e as colocaram sobre réchauds. A banda se animou um pouco, tocou "String of Pearls". O general veio e pediu para dançar com a filha. Kevin foi dançar com a sogra. Outros participantes do casamento entraram na pista. Tudo virou um borrão de cetim e seda. Eu me levantei, fui ao bar pegar outra bebida. O teto parecia baixo demais e passar pelas cadeiras estava mais difícil do que eu lembrava. O rapaz me serviu e eu levei o bourbon para a pista de dança, fiquei na beirada observando Kevin dançar com uma madrinha. Sua saia roxa de chiffon rodopiava. Imaginei ele e Bell, na tarde em que ambos tinham colocado maquiagem e ouvido "Satellite of Love". Bell idolatrava Kevin, sua sabedoria de profeta juvenil, seu corpo adolescente. E através de mim o desejo de Bell ainda era forte. Esperei até ele estar ao alcance da mão, tomei minha bebida de um trago, larguei o copo plástico no chão e cutuquei o ombro da madrinha. Ela sorriu, me deu lugar. Kevin pôs a mão na minha cintura e me levou no ritmo da música. Ele estreitou os olhos como se estivesse lendo no escuro, mas não conseguiu entender de onde eu era e perguntou se eu fora um acréscimo de última hora e se eu era amiga de faculdade da Maria.

"Sou a Jesse", falei.

Ele estacou.

"Ele ainda te ama."

Kevin olhou sem jeito para os dois lados, depois baixou a cabeça e cochichou que eu deveria encontrar com ele em alguns minutos no quarto 33. Ele se afastou de mim, saiu andando tenso, com a cabeça baixa, obviamente abalado. Permaneci atônita mais um momento na pista de dança, depois voltei para a minha mesa. Tentei decidir o que dizer, mas fazia muito calor e minha mente vagueava. Foi um alívio sair do salão abafado para o saguão em estilo caubói, mais fresco. A porta do elevador se abriu e eu entrei. No espelho que forrava as paredes meu rosto parecia o de uma assassina, pálido de resignação maléfica. Percebi que eu deveria estar com uma arma, que era idiota conversar com Kevin, que tinha vindo para matá-lo. Saí no terceiro andar e percorri o carpete bege do corredor para bater no 33. A porta se abriu, Kevin agarrou meu pulso e me puxou para dentro. "Isso é uma loucura", disse ele.

Sentei em uma das camas de casal. As cobertas eram azul-escuras, e havia um vaso de rosas brancas e uma cesta com frutas de cera sobre a mesinha de cabeceira. Ele estava voluptuoso, com seus lábios intumescidos e seu farto cabelo comprido.

"Ele continua obcecado por você", falei para Kevin, que me olhava inquieto, dobrando as mangas, sacudindo as abotoaduras feito dados.

"Bell adora passar o tempo desejando as coisas. Assim tem uma desculpa quando fracassa." Ele parecia que ia continuar, mas só sacudiu a cabeça. "Você não pode ficar aqui", disse ele. "Me deixa nervoso."

"Não sou ameaça para você", falei.

"Tá de brincadeira?", disse Kevin, passando a mão pelo cabelo.

"Vim aqui te perguntar sobre o amor." Parecia uma idiotice tão grande que olhei para baixo enquanto falava.

"Até parece que sou algum especialista." Ele sacudiu a cabeça. Na tela da TV, éramos pequenos e fantasmagóricos.

"Você acabou de se casar com uma mulher, deve estar amando."

"As ideias do Bell envenenam tudo", disse ele. "Você precisa esquecer que o conheceu. Não está vendo como ele está infeliz, como ele quer que você fique infeliz também?"

Fiquei alarmada. "Como pode dizer uma coisa dessas?"

Kevin foi até mim e sentou na beirada da cama. "Você precisa se deixar levar. Entende o que estou falando?"

Fiquei comovida com seu conselho ingênuo e lhe contei que uma vez minha mãe entrou no meu quarto no meio da noite e disse que sexo era muito sujo, que o esperma escorria pelas suas pernas. Ele me encarou, pensando que eu era louca, torcendo para eu ir embora.

"Você tem que ir", disse. "Não posso te ajudar." Senti um pouco de pena dele, casado havia apenas meia hora.

"Vou embora se você me contar da sua primeira vez com o Bell."

Ele corou. "Isso é particular."

"Se você me contar, vou embora", falei.

"Foi na escola", disse ele.

"E depois?"

"Você vai embora mesmo?"

Fiz que sim.

Ele colocou a mão na testa e olhou para a TV cinza. Tudo a seu redor tinha ângulos retos; a cama, a mesinha, a cadeira junto à parede. Aquilo era difícil para ele. "Não lembro por quê, mas éramos os únicos na sala. Bell veio à minha carteira e me pediu para ficar de pé. Ele esfregou o lápis pra frente e pra trás no comprimento do meu pênis. Aí saímos discretamente e fomos pro banheiro. Ele me mostrou como podíamos nos trancar na cabine e nos equilibrar em cima da privada para ninguém ver nossos pés. Então apoiou as mãos na parede e deixou que eu o pegasse por trás."

Pensar neles suspensos — mãos, pernas, cabeças em posições diferentes mas equilibradas — me lembrou de um átomo, dos modelos tridimensionais que vi na escola. E aquele momento *foi* o primeiro lampejo de vida em Bell, conectado até aquele momento a todas as suas moléculas.

Levantei. "Agora vou embora se você me beijar." Ele se inclinou para trás como se a ideia o enojasse, mas aí olhou para mim e falou: "Você está mesmo de saída?".

Fiz que sim, e sua boca quente de repente estava na minha. Não gostei de seus dentes, afiados feito os de um rato, e de seus lábios finos, que pareciam ter ossos. Ele inseriu a língua escamosa na minha boca. Deslizei minha mão sobre a calça dele, senti seu pau latejar, se curvando para a esquerda, como Bell havia dito. Gente feliz é a mais cruel, pensei. Era aquele o pau que Bell queria na boca, e na bunda. Kevin parou de me beijar e afastou minha mão de sua calça.

"Você não sabe onde você acaba e os outros começam", disse ele. "É uma característica perigosa para uma pessoa."

12

O sol nascendo no deserto preenchia minha cabeça. A luz me perseguindo, um sol nascente tão certo quanto o fim do mundo. No meio da tarde eu cheguei, estacionei o carro na Polk Street e larguei as chaves na caixa de correspondência da locadora de veículos. Subindo pelo lado sombreado da Bush, sentia minha cabeça como que estofada por fibra de vidro. Eu estava com vontade de ver Bell e o futon. Planejava dormir tanto e tão profundamente que, ao despertar, pareceria que tinha abandonado uma vida passada.

O tráfego estava leve na Bush, um casal amarrotado recém-saído da cama passou por mim e um morador de rua olhava lixeiras à procura de latas de alumínio. Como fractais de sonhos, tudo ecoava meu humor: o desenho da calçada, as formas das nuvens, uma imagem no olho de um desconhecido. Talvez fosse a pátina da culpa. Eu tinha cometido uma desonestidade ao aparecer no casamento de Kevin e queria contar para Bell. Na esquina da Taylor, me detive no semáforo, contemplei o sebo e o corpo de bombeiros em frente ao apartamento de Bell.

Alguém me segurou pelo braço, e dei um pulo ao me virar e ver o homenzinho, seus olhos saltados sob óculos grossos.

"Andei te procurando por toda parte."

"Andei ocupada", falei inexpressiva, esperando que a impessoalidade o espantasse.

"Eu sei", disse ele, ajeitando os óculos. "Bell não está atendendo a porta."

"Deve ter saído sem rumo por aí."

O homenzinho sacudiu a cabeça. "Eu teria visto."

Ele estava preocupado. Dava para ver em seus olhos ovoides e úmidos, na forma como fitava espasmodicamente a porta de Bell.

"Você o ama?"

"É mais do que nós dois entendemos."

"Tem trepado com ele?", perguntei.

"Ele não quis mais depois que contei que, quando era criança, coloquei meu ursinho de pelúcia no forno."

Era o tipo de mau agouro que faria perfeito sentido na cabeça de Bell.

"O que não consigo entender", disse ele, com o rosto aflito de curiosidade, "é o que você tem de tão especial. Sabe, Bell acha que com homem é muito mais gostoso, ele se sente um garotinho. Com mulheres, fica pintando um quadro, idolatrando a imagem, se apaixona, como alguém se apaixona por um personagem de romance." O homenzinho fez uma pausa, virou a cabeça para o prédio de Bell. "Me deixe ler seu futuro."

"Vai se foder", falei.

O homenzinho deu de ombros e virou para ir embora. "Guarde minhas palavras. Eu não erro nunca." Ele desceu correndo a Taylor Street, mantendo-se perto do prédio feito um rato.

O sol se refletia em fogo nas janelas do alto do prédio de Bell e os tijolos estavam rosa-pêssego. Minha chave fez a porta se abrir. O vestíbulo estava escuro, com um ligeiro cheiro de rosas e alho. A atmosfera vitoriana gasta tinha grande apelo depois da crueza antisséptica de L.A. Música indiana emanava do outro lado do andar de Bell, e alguém deixara um monte de sacos junto da boca da lixeira do prédio.

"Bell", falei, enquanto minha chave se encaixava na fechadura e o trinco cedia. Chamei por ele de novo, empurrei a porta para abrir e desci o corredor, passando pela porta do banheiro e pela mesa do telefone. O sofá, a planta-jade, até o futon pareciam miniaturizados, como quando voltamos à casa de infância. Ali, de pé, eu entendi que ele não estava em casa e não estivera naquele dia. A cama estava feita. Suas conchas de vieira sarapintadas estavam arrumadas por tamanho no peitoril da janela. Seu altar em ordem, postais de catedrais, candelabros de vidro. Ele dera uma varrida, deixara uma pilha de pó, bolas de sujeira, cabelo, felpas e moedinhas. Não havia copos sujos na pia, e ele tinha guardado os talheres nos devidos compartimentos. Até as manchas de molho de espaguete tinham sido limpas dos azulejos sobre o fogão.

Peguei um travesseiro da cama e me abriguei no closet, sentei nos sapatos de verão de Bell, apoiei as costas na parede lateral. Dali eu via a luz abaulada se recolher da janela. Quando pensei no que Kevin tinha dito, que eu não sabia a diferença entre mim e os outros, entendi que ele tinha razão. Era uma qualidade da minha mãe, de Madison e Pig também. A maioria das mulheres terminava em borrões e fragmentos, mas na verdade aquilo não era assim tão ruim. Me lembrei da mandíbula de Kevin estalando e de como enquanto se afastava de mim eu tive certeza de que ia bater em mim. Ele não sabia que você dormia com os amantes passados e futuros do seu amante e com os amantes desses amantes. Minha mão no seu pau o enraiveceu porque ele percebeu no meio da simplicidade do seu casamento, da clareza de sua união, que a vida era intransponivelmente complicada.

Bell só saía sem rumo quando estava deprimido. Ele reclamava da vaga infelicidade da vida. Estava triste por não ser famoso. Embora tivesse me dito que, uma vez que você soubesse que poderia ser famoso, não importava se era ou não. Bell sabia que era melhor não reclamar, todo mundo ama um mártir. Pensei em finais felizes, em como romancistas geralmente tiravam o corpo fora. Admitir que seus personagens estão condenados implica que você também está.

O cheiro familiar de nossas roupas me deu sono, estava escuro e eu ainda conseguia ouvir a música indiana, uma cítara me chamando ao sono, foi uma dormida aflita e solitária. Eu estava andando ao sul da Market na direção da Bay Bridge, um papel foi soprado contra uma cerca de tela de arame e percebi como a cidade parecia vazia. Estendi o polegar, joguei os quadris para a frente, vi um carro mais adiante que eu sabia que pararia para mim. O homem ao volante me lembrava alguém, embora eu não lembrasse quem. Ele me perguntou se eu estava indo muito longe, mas não respondi. Eu me vi em seus óculos escuros, transparente, sustentada apenas pelo seu olhar.

Quando acordei estava escuro, o luminoso do Hotel Huntington represado pelas cortinas. Me arrastei sobre os sapatos, sobre o casaco de cashmere do Bell, e me enrodilhei sob o edredom. Com os joelhos no queixo, fui perdendo a consciência, mas então ouvi o som de água pingando. Não sobre porcelana, feito uma torneira mal fechada, mas caindo sobre mais água. Plup. Plup. Plup. Bell devia ter voltado enquanto eu dormia e entrado na banheira. Comprimi o ouvido contra a parede, procurando ouvi-lo respirar, ou sua fita de música clássica — a *Sinfonia Júpiter* ou algum coro de meninos. Nada. Me ergui. Deveria esperá-lo voltar para a cama? Fingir que estava falando enquanto dormia? Fazia duas semanas que tinha tingido meu cabelo. Levantei e atravessei o corredor na ponta dos pés. Havia luz debaixo da porta, brilhante feito um laser. "Bell", falei, "sei que você está aí." Ele não respondeu. Teria descoberto que eu havia ido ao casamento? Talvez Kevin tivesse ligado? "Quero conversar com você." Ainda assim, nenhuma resposta. Ele me aborrecia, usando seu silêncio para me emascular, me deixar vulnerável. "Botei a mão no pau do Kevin", falei. Plup. Plup. Nenhum marulho d'água, nenhum longo suspiro de enfado.

Pus a mão na maçaneta e empurrei a porta, fazendo-a se abrir com um rangido. Lá estava a cabeça de Bell jogada para trás na beira da banheira. Ele devia estar bêbado. Vi a água vermelha, o braço direito de Bell flutuando com a palma da mão para cima, o rasgo em seu braço desde o cotovelo até a mão, a pele aberta evocativa feito uma boca. O outro braço pendia da borda da banheira, o sangue raiado em sua mão, coagulado em uma poça alimentada pelas pontas de seus dedos. Ele era de uma estranha beleza com sua pele branquíssima, seus olhos azuis, seus lábios roxos, e em suas bochechas um leve toque de ruge rosa. Senti fraqueza, depois náusea, depois calor, de forma que tirei o suéter. Começou um zumbido nos meus ouvidos, brotou suor sob minhas roupas. Me debrucei no vaso sanitário e vomitei. Bile amarelada que girava no vaso, um gosto amargo de chumbo.

Gritei. Minhas cordas vocais tremiam e ardiam. Ainda mais alto, até parar com a cítara, até o som me engolfar, e Bell, o apartamento, o quarteirão. Eu costumava beijar seu baixo-ventre, os pelos quentes ao redor do seu pau. Apoiava o ouvido em sua pele e ouvia o líquido marulhar em sua bexiga, seu coração batendo. Para mim, seu corpo era um sinal de *vida*.

Me escorei na pia, girei o puxador de vidro até o jato d'água sair frio da torneira. Deixei a água bater no meu pulso, depois coloquei a cabeça embaixo, molhando o cabelo da nuca até sentir arrepios. Havia pintas brancas no ponto em que eu observava a água rodopiando para descer pelo ralo, o cabelo se encaracolando sobre a porcelana, e lembrei da minha primeira manhã com Bell, de ter me enrolado em um lençol e entrado naquele banheiro e de como meu xixi estava quente, pinicando após o sexo. Me esgueirei entre o vaso e a parede. O banheiro fedia a bile e a sangue. Eu percebi por sua pele enrugada que ele fizera aquilo na noite anterior, mais ou menos no momento em que Kevin recitava os votos. A cabeça de Bell estava ligeiramente voltada na minha direção, de forma que eu só conseguia ver um dos olhos. Desde criança ele aprendera que ser distante atraía as pessoas, mas aquilo tinha ficado perigoso. O azulejo esfriava minha coluna, e eu olhei bem no seu olho intransigente. Seu destino não era ser noivo, nem pai, nem mesmo filho. Seu destino era estar morto. E na morte ele era meu. Ele costumava me dizer que alguém que lê o dia inteiro e depois vê o sol se pôr é tão valioso quanto uma pessoa que interage com o mundo, mas ele não acreditava nisso e Deus é testemunha de que este mundo também não.

Minha vida se desdobra feito um cordão de bonecos de papel. Sou maleável, camaleônica. Cada vida devora a última até eu ser uma boneca russa, contendo dez mulheres cada vez menores.

Atravessando o deserto, o Meio-Oeste, discretamente regressando ao Sul. Até a Virgínia, onde se pode sentir a água nas páginas de um livro e a garoa deixa as folhas macias feito pele. Vou plantar um roseiral e nele vou esperar o fremir da língua de cobra que vai me transformar de novo.

Na lustrosa torneira da banheira, a imagem distorcida do meu rosto flutuava acima da do vaso. Observando o olho imóvel de Bell, levei minha mão até a boca, beijei a palma intensamente, a língua úmida roçando o sulco da linha da vida.

Se ele morreu pelos meus pecados, fico grata.

ESTA OBRA FOI COMPOSTA POR ACOMTE EM ELECTRA E IMPRESSA PELA GRÁFICA PAYM EM OFSETE SOBRE PAPEL PÓLEN SOFT DA SUZANO S.A. PARA A EDITORA SCHWARCZ EM JANEIRO DE 2021

A marca FSC® é a garantia de que a madeira utilizada na fabricação do papel deste livro provém de florestas que foram gerenciadas de maneira ambientalmente correta, socialmente justa e economicamente viável, além de outras fontes de origem controlada.